Mulleres Submisas

Erika Sanders

1

Mulleres Submisas

Erika Sanders

Serie

Mulleres Submisas

Sinossi

Consta das seguintes novelas:
Submisa
Fantastic Girl
O Xogo de Desvestirse
Muller Latina Sumisa

Mulleres Submisas é unha serie de novelas cun forte contido erótico BDSM e, á súa vez, pertencente á colección **Erotic Domination and Submission**, unha serie de novelas cun alto contido BDSM romántico e erótico.

(Todos os personaxes teñen 18 anos ou máis)

Nota sobre a autora

Erika Sanders é unha escritora internacionalmente coñecida, traducida a máis de vinte idiomas, que asina co seu apelido de solteira os seus escritos máis eróticos, lonxe da súa prosa habitual.

Índice

MULLERES SUBMISAS
ERIKA SANDERS

SUBMISA

11

Deséxote.

Todo sobre ti.

Da cabeza aos pés e todo o medio.

O teu corpo, a túa mente, a túa alma.

Eu non as imperfeccións que odias.

Encántame cada parte de ti, tal e como es.

Sobre todo ese cu.

Quero estar contigo.

Todo o tempo.

Non importa onde esteas.

A miña mente vaga, desencadeada por un pensamento ou unha imaxe.

Unha canción.

As túas iniciais nunha matrícula.

Unha palabra sinxela falada de paso que ten un significado especial para os dous.

Un descoñecido que leva o pelo coma ti.

Vestido coma ti.

Quero escoitar a súa voz.

Cando me chamas cos nomes das túas mascotas.

Dime que me queres, que me botas de menos.

Describe como foi o teu día.

Pregúntame pola miña e dame a túa opinión.

Comparte o que estamos a facer ou a planificar.

Mesmo o mundano.

Sedúceme a última hora da noite mentres estou espido na cama na escuridade e estás a quilómetros de distancia.

Sé duro conmigo cando me estropeo e me fago para colgar o teléfono para durmir ou prepararme para o traballo.

Quero ver o teu interior aberto por escrito.

Saboro cada nova mensaxe e foto.

Repaso conversas pasadas.

Lembro que cando non estamos xuntos fisicamente, aínda pensas en min.

Pode estar aí cun toque dos dedos.

As túas palabras son fortes aínda que non haxa son; Tocanme ao fondo, coma se as dixeras directamente ao meu oído.

Quero comentar as miñas novelas contigo.

Suxíreme ideas mentres meditamos ideas sobre os argumentos e os nomes dos personaxes.

Elimina as áreas problemáticas.

Maree cos comentarios e opinións dos fans.

Acouga a miña rabia e confusión cando os lectores sen rostro e sen corazón critican as miñas historias sen ningunha boa razón.

E sigo escribindo outro día cos teus ánimos.

Quero que me domen.

Para cociñar e facer as tarefas domésticas.

Facer recados.

Ir a bailar, ver unha película e facer viaxes.

Só tes que agarrarte e botar unha sesta no sofá un fin de semana chuvioso.

Chamándome con ganas de facer o amor baixo pilas de mantas na cama todo o día.

Adormece nos brazos da noite e logo esperta ao lado da mañá.

Ducharse xuntos.

Sexa maquillado cando loitamos.

Quero ser bicado por ti.

Repetidamente.

Tanto con tenrura coma grosso modo.

Xa sabes burlarme de min.

Satisface-me.

Espértame cos beizos, os dentes e a lingua.

Para facerme chorar e xemer.

Súplica.

O meu corpo treme.

Quero facer cousas estrafalarias contigo.

Asiste a comidas e eventos.

Fai amigos no teu estilo de vida.

Participa en xogos sexuais nas festas.

Descubre máis desexos secretos.

Libera as nosas inhibicións.

Explora os nosos lados máis escuros.

Levándonos o máis alto ao máis alto e logo reconfortándonos cando baixamos ao máis baixo dos mínimos.

Quero ser dominado por ti.

El rosmou porque son teu.

Fas que o meu pulso corra e a miña respiración pare cando escoito as túas ordes.

Silenciosas ou bruscas, ambas situacións fanme ruborizar.

Realmente quero que me fixes contra a parede co teu galo entre as pernas, presionado contra o meu coño.

Que me ordenes que te jodan ... que veña só cando o digas.

Non teño máis remedio que ceder cando me torturas os oídos, o pescozo e os seos coa boca.

Ou cando sinto as túas mans no meu corpo mentres reclamas as túas.

O meu peito incha de orgullo cando dis que son unha "boa rapaza" por facer o que queres.

Quero estar atado por ti.

Fisicamente.

Mentalmente.

Coas mans, esposas ou cordas.

As miñas bonecas suxeitábanse na túa empuñadura por riba da miña cabeza ou fixábanse na cabeza da cama.

Pernas restrinxidas, xuntas ou separadas.

Os meus movementos e reflexos controlados.

Eliminouse calquera posibilidade de tocarte.

Unha venda nos ollos para non ver o que me vas facer.

Quero que me fodan.

Espido e abrumado baixo o teu corpo mentres me varres.

Estar libre de restricións sen tocar ningún de vós, usando só as palabras para facerme retorcerme e xemer mentres me arruinaba a mente deliciosamente.

Ou os toques lixeiros e sinxelos que descubriu sacan varios orgasmos sen importar onde me acaricies o corpo.

Quero que me uses.

Ser arrastrado dun lugar a outro a gusto.

Desbordado cando loito.

O meu cu espido bateu mentres me suxeitaba.

Os meus xoguetes usábanme ... por ti.

A túa man agarrándome o pelo na parte posterior do pescozo.

Premendo lixeiramente na miña gorxa mentres miras aos meus ollos.

Para recordarme quen manda.

Quero cumprir as túas regras.

Cando estás fóra do meu alcance, danme algo de foco.

Defínense co meu mellor interese.

Sei que serás disciplinado en consecuencia se os rompo.

Que confías en min para ser honesto contigo cando te desobedecín.

Quero que me reconfortes.

Abrazado contra ti cando estou abrumado ou teño un mal día.

Os meus cabelos acariñaron e bicáronse coa cabeza aniñada baixo o queixo contra o peito.

Tranquilizado polas túas palabras e os teus brazos ao meu redor.

Sacudido ata que paren as bágoas.

Quero coidarte.

Para abrazarte cando estás triste, canso ou enfermo.

Serei a túa forza, alguén no que apoiarme, porque ata un Dom pode ter momentos débiles.

Como o teu sub, estou aquí por ti en calquera situación que me necesites.

Para agradarche ou aliviar a túa dor.

Quero todas estas cousas e moito máis.

Porque así son sometido.

Como dominante ...

FANTASTIC GIRL

17

PRIMEIRA PARTE
ROBERT E MONICA

Hai seis anos

Estamos na primavera, os escolares agardan ansiosos a chegada do verán, das viaxes, dos amores; Os pensamentos de todos non están nos libros, senón sobre o que farán unha vez rematadas as leccións.

Nunha clase como moitas outras, Mónica e Robert sentan nos escritorios. Coñécense desde o primeiro ano. Son amigos.

ELA: Mónica; 15 anos; filla de 2 labregos; pelo escuro, ollos escuros.

Características distintivas: fermoso; a natureza foi moi xenerosa con ela: un rostro espléndido, dous ollos de conto, unha pel lisa e impecable, un corpo fermoso, tonificado e ben formado, peitos aínda non desenvolvidos, pero impresionantes pola súa firmeza; A isto súmase o feito de que dende nena sempre tivo o costume de ir á escola a pé ou en bicicleta, dada a mala situación económica dos seus pais, viaxando cada día millas e quilómetros; ademais, axudaba con frecuencia e de boa gana aos seus pais no traballo no campo; cando podía, gustáballe relaxarse nadando no pequeno lago preto da súa casa. O resultado é unha rapaza fermosa, que quita o alento só para vela de lonxe.

Non é moi boa na escola, non lle gusta moito estudar. Por outra banda, destaca en todos os deportes, nin sequera os rapaces poden resistilo.

Ela espera graduarse, atopar un traballo honesto que a axude, atopar o rapaz dos seus soños, formar unha familia, máis tarde; o seu soño, con todo, sería converterse nunha atleta consolidada. Por este motivo, sempre que pode, adestra, corre, nada, fai ximnasia soa no campo (sen poder permitirse un ximnasio).

EL: Robert, 15 anos, fillo de 2 profesores universitarios; pelo castaño, ollos azuis. Herdou unha mente extraordinaria dos seus pais; Podería obter notas por encima da media sen estudar, pero os seus pais queren o mellor para el: dende pequeno obrigárono a estudar 4 idiomas diferentes e impedíronlle ter unha vida social real; o resultado é un rapaz moi intelixente pero tímido e introvertido; Os seus compañeiros a miúdo moléstano polo seu aspecto físico: non moi alto, un pouco gordo, absolutamente negado por calquera actividade que non precise só razoamento, un físico que xa non é excepcional, arruinado aínda máis polos anos pasados nos libros e en o PC. Nunca tivo moza e é consciente de que será difícil atopalo, dadas as súas dificultades para relacionarse cos demais; sempre estivo un pouco resignado.

O teu primeiro día de escola.

Ambos atrasan, sentan no único mostrador gratuíto; para el é amor a primeira vista; nunca viu tal criatura; estar preto dela fai que se manteña no sétimo ceo; con todo, é consciente de que nunca o pode ter. Xa se prepara para vela mentres vai sentarse a outro lugar, cando ela lle sorrí e lle pide que explique unha fórmula que el non entendera: sorrí á súa vez e explica a fórmula cunha desarmante naturalidade.

Fanse amigos; Mónica ve nel un rapaz tenro e sensible, un amigo; créase unha especie de acordo tácito entre eles; Robert convértese nunha especie de "titor" escolar e non escatima en intentar que aprenda as materias máis difíciles: para el, telo arredor é un soño.

A miúdo reúnense polas noites para estudar xuntos.

Mónica, na súa inxenuidade, non se decata do sentimento que sente Robert; por outra banda, todos os rapaces a miran dun xeito determinado, e el, sendo máis reservado, non deixa saír o que sente; o ve como un amigo e xa está.

Robert, por outra banda, co paso do tempo, comeza a maldicirse: dicirlle o que sente e corre o risco de perdela definitivamente ou seguir téndoa así?

Tempo de graduación: hai tres anos

Mónica converteuse nunha nena aínda máis fermosa que antes: agora é máis unha muller. A súa feminidade é máis evidente nas súas formas, o seu espléndido rostro máis formado. As súas habilidades atléticas convertérona nunha atleta completa a nivel nacional; Despois de destacar en todos os deportes das nenas no instituto, converteuse nunha ximnasta profesional; agora o seu obxectivo é intentar rematar o bacharelato con dignidade para dedicarse completamente ao deporte.

Nisto débelle moito a Robert, que a axudou moito, incluso facéndoa copiar no traballo da clase; o certo é que o ve feliz de axudala e non ve nada de malo.

Na súa inxenuidade non se dá conta do sentimento que ten por ela.

Tamén porque hai uns días que sae cun rapaz, do que se está namorando ... ben, polo menos parece que se está namorando, as cousas clásicas que suceden na adolescencia. Reúnense polas noites e os fins de semana, pero aínda non é oficial. A atracción entre eles é forte, case sempre fan o amor, hai un forte entendemento.

Non viu a Robert a miúdo ultimamente, agora está bastante avanzado nos seus estudos, xa non o necesita; E entón está quedando aburrido

Robert medrou, especialmente na escolástica. Gañou varias bolsas, especialmente nos campos da tecnoloxía da información, electrónica e programación.

Moitas empresas de prestixio xa o están avaliando para entrevistas e ofertas de traballo.

É un xenio, triunfa moi ben en todo o que hai que pensar.

Pero está triste.

As súas habilidades non conseguen impresionar á muller dos seus soños, que agora se converteu nunha obsesión. Nun intento desesperado de sumar puntos, inscribiuse no equipo de fútbol da cidade, coa esperanza de poder achegarse aos intereses de Mónica ... con resultados desastrosos. Deixou o equipo e burlouse de Félix, o capitán.

Resignase coa idea de perdela, xa que esta aprende a estudar soa e, sobre todo, entrará no mundo do deporte para deixar o seu.

Ás veces ves persistente con ela:

"¿Seguro que non queres que che dea unha man para a túa proba de xeometría? De verdade, creo que necesitas unha man, todo o mundo ten dificultades ..."

Ela siléntalle "escoita, non insistas, é suficiente para min só e tamén estou aprendendo, grazas, pero non insistas".

Agora son conversas comúns entre vós.

Hai dous anos

A Mónica non lle gusta estudar, sobre todo a finais de maio. Prefire nadar, camiñar ...

Robert sabe que debería renderse, pero a obsesión é máis forte ca el.

Non podes deixar de buscar en Internet todas as fotos descargadas de artigos deportivos, creou o seu propio cartafol persoal.

Hai unha foto moi conservada dun artigo sobre os campionatos rexionais, na que aparece retratada con toda a súa gloria, envolta nun traxe axustado que deixa pouco á imaxinación, tomada durante un exercicio de peso corporal, mentres facía algún tipo de ponte, destacando as túas formas e músculos.

Isto non pode continuar.

Hai que ir a ela e falar con ela, expresar o que sente.

Decides chamala, para concertar unha cita, debes falar con ela:

...

Mónica: "pero sinto se é tan importante, dime algo por teléfono"

Robert: "Ben, dicilo por teléfono é vergoñento, digamos que se trata de nós dous, aquí estou ..."

Mónica: Que!? Ámbolos dous? Escoita Robert, ti e eu somos amigos, nada máis, se iso é o que me quixeches dicir, evita vir.

... ti ... ti ... ti ... ti ...

Está visiblemente molesta, está ocupada esa noite e non pode entender o feito de que Robert estivo ao seu lado todo este tempo con motivos posteriores; E logo ultimamente púxose demasiado empurrado

Robert é destruído.

Agora sabe que tamén a perdeu como amiga.

Non se rende, decide acudir a ela para que o aclare, polo menos quere que volva falar con el.

Coñeces o camiño, só que semella moi curto, en comparación co habitual: que dirás? Como comezará o discurso? Agora adiviñaches a verdade e a perdiches para sempre. Como se pode remediar?

Cando se achega á entrada da casa, escoita unha corrente de auga no estanque contiguo á casa de Monica.

Robert sabe que lle encanta nadar pola tarde para manterse en forma.

É máis forte ca el, en vez de chamar á porta, achégase á lagoa, coa intención de chamar a ela.

"Mónica ..."

Non o escoitas, está baixo a auga.

Mentres nadaba, Robert consegue vela con toda a súa beleza; o seu corpo parece estar feito de mármore, pero conserva unha incrible sinuosidade e feminidade. Móvese sobre a auga con graza e poder ao mesmo tempo.

Nese momento está entre as árbores e, cando está a piques de chamala de novo, vea como sae da auga ...

A súa voz péndelle na gorxa.

Eu nunca vin iso.

Está espida.

Achégase á beira, sae con todo o seu esplendor, as pingas de auga debuxan fermosos camiños por todo o corpo, mentres el sae e torce o pelo. Os seos cheos pero firmes móvense sinuosamente xunto cos músculos pectorais; No abdome destacan os abdominais esculpidos de anos de exercicio. As patas son afiadas, longas, pero tamén definidas e musculosas. O seu corpo é un himno á perfección. Cando se achega á beira, Robert ve toda a súa desnudez e permanece inmóbil sen poder emitir un son.

Pero acontece algo inesperado.

Non está soa.

Robert escoita risas detrás dun arbusto cara a onde se dirixe Mónica.

Agora perdeuna de vista, pero pode escoitar gargalladas, xemidos de pracer e máis gargalladas.

"Mónica, creo que debes falar con claridade con Robert, dille que estamos xuntos e deixe de enganalo, unha rapaza coma ti faría namorar a calquera ..."

"Pero non pensei que tivese motivos ulteriores ... é ... só ultimamente volveuse insistente, inexplicablemente celoso, posesivo, isto estame dando moitos problemas ... Eu ... non sei como dicirlle, non parece comprende. Quizais debería sabelo hai moito tempo ".

"É mellor que o aclare canto antes, se non o fas o farei"

"Non te preocupes, estás celoso? Como podería sentir algo por el? Ao principio, polo menos pensei que era amable, simpático, pero agora creo que entendo as súas verdadeiras intencións; e despois fisicamente ... aquí ... é repulsivo. ... certamente non coma ti ... "

Rían os dous.

Deixan de falar e comezan a bicarse e abrazarse de novo.

Robert simplemente está petrificado.

Despois de todos estes anos que estivo preto dela ...

Esas palabras arrefríano.

Gustaríalle berrar a súa rabia e frustración a todo o mundo, pero sería incómodo que o escoitasen nese momento.

O máis lóxico é marchar en silencio e é unha decisión case clara na mente.

Subindo a costa, con moitas dificultades, busca un camiño menos empinado que antes; mentres o fai, tropeza cunha póla co golpe resultante.

"Ai, escoitaches a Mónica?"

"Supoño que si! Quen podería ser? ¿Alguén veu a espiarnos?"

Vístense o menos posible e deambulan polas árbores en busca do intruso.

Robert está fuxido, neste momento comeza a correr furtivamente, pero o home está en el en segundos.

Recoñece, na penumbra, ao capitán do equipo de fútbol escolar.

Félix.

"Robert?"

"Que? Non me digas que viñeches aquí a espiarnos!"

"... nn ... non ... por favor rapaces, non é como vos parece, Monica ... eu ... vin aquí só para falar contigo, escoitei un ruído e vin ao lago, non me escoitastes, pero Chameite ... "

Un golpe na mandíbula córtao bruscamente.

"Es unha especie de verme inútil, agora vou ensinarche a vir a espiar á MIÑA moza"

"... non, Félix, por favor ..."

Un xeonllo ata o estómago silencialo aínda máis.

Robert está no chan, impotente.

Pero máis que a dor física é a intrigante humillación que está a sufrir o que o fai sufrir.

Mónica colle a man de Félix antes de golpealo de novo.

"Pare, Félix!"

Robert ten un respiro. Quizais Mónica queira escoitalo, consciente de todas as tardes que pasamos xuntos.

Nada máis lonxe da realidade.

Ela achégase a el, medio espida, coa roupa interior e unha camiseta lixeira aínda mollada para o baño.

Destaca o contraste entre ela, alta, bonita, forte, de cor sa, un pouco curtida ... e el, no chan, encorvado sobre si mesmo, ombreiros e brazos finos, unha barriga que medra ao redor da cintura, consecuencia dos anos. pasado, estudando.

Está por riba del e vela como un anxo ao seu rescate.

Unha visión de soño, está a fantasear con bicala, pasando as mans sobre ese fantástico corpo, deitado nunha praia deserta, con ela para sempre.

Mónica devólveo á realidade. Ela levántalle cunha man pola camisa, mírao aos ollos.

"Félix, non serve de nada ensuciarche as mans con nada, golpealo só remataría en problemas. En canto a ti, subespecie de molusco, nunca máis me falas, fun tan inxenuo ao pensar que estabas preto de min amigablemente, pero teríao feito, tiven que entender de inmediato de que estaba feita toda a túa insistencia, celos, obsesión; imprime ben esta voz e este rostro, porque nunca máis me falarás. Grazas a Deus, sairei a próxima semana, para ir a un lugar onde espero que non haxa ninguén disposto a ofrecerme axuda "desinteresadamente" e logo espiarme na miña privacidade ".

Desaparecerá.

"Imos para casa, Félix. "

Robert no chan, incapaz de mirar cara atrás, nunha chuvia de bágoas, arrastra cara a casa.

A dor física apenas se sente.

SEGUNDA PARTE
SONIA E MONICA

Hai 3 anos

Ela: Sonia, 18 anos, o pai traballa como empregado, a nai é profesora de bioloxía molecular. Dúas boas persoas. Non é fermosa. Pequeno, pálido, non importa moito, é bastante feminino pero desde logo non é provocativo. É unha rapaza intelixente, herdou da súa nai unha gran paixón pola bioloxía e a xenética.

Moi reservada e recatada, nunca tivo rapaces, non tanto polo seu aspecto físico, non exuberante pero non reprobable, senón porque NON lle interesan os rapaces.

Os seus intereses limítanse á lectura, á investigación e á xenética. Unha rapaza fría, calculadora e insociable.

E dun sadismo sutil, innato e inexplicable.

A miúdo sucede que vai ao laboratorio, secretamente da nai, para buscar un animal e torturalo sen motivo preciso. Gústalle esa sensación de poder sobre a vítima e ver o intento sen éxito de escapar do seu destino por parte dos exemplares máis fortes.

E grazas á súa capacidade para medir a súa crueldade, nunca matou a ninguén.

As túas vítimas favoritas son as máis vitais e resistentes, polo que podes esforzarte máis sen consecuencias permanentes.

Neste sentido, nunca pensou que podería torturar ningún exemplar humano, aínda que a idea a tente moito.

Ata ese día.

Estamos en abril hai dous anos.

Sonia prepárase de mala gana para seguir a lección de ximnasia cos seus compañeiros.

Aburrimento mortal, ademais dun esforzo considerable.

Nas voltas de quecemento no ximnasio, sempre queda atrás xunto con Robert, o coñecemento da escola. De cando en vez falan entre eles, intercambian dúas palabras falando disto e diso. É evidente que non senten ningún tipo de atracción mutua, só fan compañía durante o ximnasio.

Parécelle moi intelixente e está de acordo con el en moitos aspectos da vida cotiá.

Só hai unha cousa que non entenda o significado: a sensación que ten por Mónica, esa ximnástica, arrogante, estúpida e, sobre todo, insensible, vista como "explotadora" do pobre Robert. Non entende como se pode burlar a un rapaz así e ao mesmo tempo ser persistente e teimudo na súa obsesión.

O seu é puro desprezo.

Non obstante, hai algo que confunde os seus sentimentos: o corpo de Mónica. ¿É posible que a natureza sexa tan burlona como para encerrar a unha persoa tan superficial, insensible e estúpida nunha cuncha tan perfecta?

Ás veces, no vestiario, dáse conta de que el a mira máis do que debería, pero non entende por que.

Está estúpida hora de ximnasio está a piques de rematar, agardando o último exercicio na pértega e logo indo a facer a proba na clase de bioloxía, que rematará en dez minutos, polo xenio habitual Robert, e logo todos os demais, que tardará un pouco máis.

Foi esa pequena cadela Mónica a que insistiu en que quería subir á pértega, animada en voz alta por todos os demais, por suposto.

Mentres Sonia se prepara en balde para intentar subir, Mónica pégalle involuntariamente, facendo que golpee o nariz contra o poste, cunha risa xeral.

"Vaia rapaces, veña, fagan este exercicio rápido, xa chegamos tarde ..."

"Síntoo ..." di Mónica e cunha lixeireza case animal sobe á cima e logo descende igual de rápido.

"Síntoo, carallo tonto" ... iso é o que pensa Sonia, pero ela só pensa. Mentres se aferra á pértega finxindo un inútil esforzo por subir, observa a Mónica no poste contiguo: camiseta branca, shorts escuros (coma no uniforme escolar), bragas visibles e sutiã. Cando parte dos pantalóns curtos vai subindo, cae por contacto co pau, deixando ao descuberto unha tanga negra e parte das nádegas esbrancuxadas que se contraen con esforzo. No descenso, con todo, é a camisa a que se levanta, deixando ao descuberto o embigo e o abdome plano. No momento en que baixa do poste, fai o xesto de levantar a camisa para secar a cara, mostrando a perfección do abdome.

Nese preciso momento, Sonia vese no seu laboratorio cos seus instrumentos e a Monica semidesnuda, suada e jadeante, inmobilizada nunha mesa con cordóns e correas de todo tipo, mentres agarda que faga o seu traballo intentando retorcerse de varias maneiras. como un animal de laboratorio ... "as escusas non son suficientes, puta noxenta, agora ensínovos educación".

Escoitara falar do orgasmo das súas compañeiras e, de feito, acariñárase levemente, sentindo un sutil pracer.

Pero nese momento, imaxinar esa escena, mentres estaba agarrada ao poste, dálle un pracer devastador, coma se tivese que reterse para evitar berrar.

Desde ese día a súa vida cambiou, ve a Mónica como unha vítima potencial das súas fantasías e gústalle.

Os animais xa non son suficientes.

Poucas semanas despois.

Que estúpida se sente Sonia.

A súa obsesión por Mónica priváraa de claridade.

Debería imaxinar que ninguén lle gustaría cos seus xogos malvados.

E non debería convidar a Mónica á súa casa.

Por outra banda, non resistiu. Nos baños despois da clase, atopouna diante dela por enésima vez, e esta vez espida, mentres se duchaba.

Mentres Mónica xaboneaba cos ollos pechados, a de Sonia comía ese corpo en cada centímetro, envexando por un momento esa esponxa coa que adoitaba lavarse.

Mentres a fantasía percorría a súa cabeza, as outras mozas notaron a fixación de Sonia e riron.

Quedaron sós aos cinco minutos.

Mónica: "Por que levas tanto tempo? Pensei que era a única á que lle encantaba unha longa ducha ..."

"... como? Ah si ... bueno é relaxante".

Estivo a piques de saír e pechar as billas.

"Ei Mónica, quedache un pouco de xabón na culata"

"¡Uh grazas! Que espírito de observación! Agora marcho que esta noite teño a carreira de campo a través, se tamén gaño cos rapaces marcarei un novo récord, ¿sabes?"

"Oes, es moi deportista, ademais de guapa"

"Grazas" sorrí, non imaxina malicia por parte de moitos homes e moito menos dunha muller.

"Por certo, ¿sabes que moitos atletas usan electroestimulación?

"Ben, non por agora, aínda que oín falar del; non sei moito sobre iso".

"De verdade? ¿Queres vir verme? Teño algúns dispositivos, para estudos de bioloxía, xa sabes. Podo deixarche probar ..."

Ela fora á súa casa.

Como dous amigos.

Sonia non se atreveu a dicirlle que usaba esas ferramentas para os seus sádicos xogos con animais de laboratorio.

Encerráronse na habitación.

"Agora. Espí ..."

"Sentímolo?"

Sonia non era moi sociable e non entendía que algunhas palabras circunstanciais adoitan ter bo gusto antes de chegar ao punto.

"Ben ... ben ... non estabas aquí para probar os electroestimuladores? Teño que aplicalos por todas partes. Podes quedar na roupa interior e no sutiã se queres."

Mónica, un pouco molesta, comezou a espirse, xa que basicamente viña por iso, polo que non creou alboroto.

Sonia case perdera o control cando levantou a camisa. Con ollos case asombrados, mirou para o seu novo cobaia de laboratorio.

"... escoita, onte fixen unha carreira de trinta quilómetros, estou un pouco canso, quizais non puidésemos probar esas cousas primeiro nalgún lugar e despois ver se doe?"

Trinta quilómetros e está un pouco cansa, pensou Sonia; un atleta perfecto; neste exemplar podo probalo todo e moito máis ... e xa a súa mente estaba perdida na idea de todo o que podía probar nunha muller coma esta: probas de fatiga, estimulacións prolongadas do pracer mesturadas con dor, controis limiares, dor ...

Mónica interrompeuna nos seus pensamentos, que a vía como nun transo

"Ola ola! Sonia, estás aquí comigo?"

"oh, si, probámolo ... nas nádegas, vale"

"Buah ... Nas nádegas?"

"Por que? Ten vergoña? Podo axudarche ..."

Despois de poñer moito xel nos electrodos, dispuxo con moito coidado, case de xeito maníaco, nas nádegas e parte da coxa interna.

Non lle pareceu real a Sonia que puidese tocar impunemente a este animal e tivo que absterse de demorarse demasiado tempo na súa carne para evitar que a sospeitase. Pero a posición na que fora colocada, as pernas separadas, lixeiramente dobradas cara adiante, cunha man suxeitando o pelo inmóbil e a outra apoiada na mesa de noite, coa roupa interior, facía imposible non probar a firmeza das nádegas e a coxa interna.

Monica notouno e parecía un pouco molesta.

Entón Sonia xuntouse.

"Está ben, agora envíoche pulsacións de 1 segundo no nivel 1"

Mónica sentiu un formigueiro, pero nada se moveu.

Entón Sonia chegou directamente ao nivel 3.

Mónica sentiu os músculos contraerse cada segundo; Inicialmente colleuna por sorpresa, despois comezou a atopalo case agradable.

Sonia viu como os seus glúteos e adutores se contraían e comezou a entrar en crise. Quixera atordala, despoxala do pouco que lle quedaba, amarrala ben e chegar progresivamente ao nivel 10 en todo o corpo.

Pero era unha fantasía.

Case se derrubou cando apenas escoitou un xemido no momento da contracción.

¿Foi posible que lle gustase?

A non ser que ...

Tivo a mala idea ...

"Escoita, xa que creo que che gusta, podemos probalo en todo o corpo?"

"Ah ben si, ok"

A colocación dos electrodos durou máis de dez minutos.

Sonia quería gozar de cada momento que tocaba ese fermoso corpo.

Puxera electrodos por todas partes.

O máis pequeno en bíceps, tríceps, becerros.

Esas un pouco máis grandes no abdome, costas, pectorais, coxas, ademais das que xa tiña.

Cunha excusa incrible, dicindo que tiña que conectar a "terra do equipo", fixouna efectivamente nun cadro que se usaba como percha no laboratorio.

E tamén lle quitara o sujetador dicindo "só para estar segura" que tiña que colocar sensores nesa zona para o latexo do corazón. Deste xeito, envolveu os pezóns con electrodos especiais e fixou a parte do peito no cadro.

O resultado foi Mónica amarrada en forma de X, cun corpo practicamente espido se non fose polo seu pequeno tanga negro e os electrodos unidos á maior parte do corpo, diante e atrás.

"... pero ... pero ... non podo moverme"

"Deste xeito podo poñer os electrodos onde queira e cos brazos e as pernas estirados os teus músculos funcionarán mellor"

Mónica non entendía moito e parecíalle moi raro, pero confiaba niso.

Todos os electrodos estaban conectados a unha máquina que Sonia manipulou con mans expertas.

Comezou cos niveis 3 e 4.

Encantada por esta obra de arte viva, dosificou os niveis e os intervalos a vontade, admirando como todos os músculos de Mónica estaban ao seu servizo.

A Mónica pareceulle un pouco raro, pero a sensación física foi agradable.

Non obstante, había algo que a inquietaba nos ollos de Sonia, parecía case extática.

"Ben, interesante, Sonia". Non che preguntei canto duran estas sesións. Non, dígoche porque teño unha cita esta noite e non quero ...

Silenciouna unha mordaza que Sonia, no medio do éxtase, meteuna violentamente na boca, inmobilizándoa aínda máis contra a estrutura.

"Cala a cadela!"

Mónica, case incrédula, intentou liberarse, sen éxito. Da mordaza emitiu sons case animais, de rabia descontrolada, cando Sonia se achegou a ela.

Comezou a lambela, a bicala, a roer en todos os puntos do seu corpo.

E o que máis a emocionou foron as explosións de rebeldía e repulsa no seu conejillo de indias.

Durante os seguintes cinco minutos, subiu o nivel a 7 e viu como os seus músculos se contraían de forma non natural e a suor aumentou aínda máis a condutividade dos electrodos.

Mónica pasou dun humor primeiro á rabia incrédula, despois ao pánico e finalmente ... case á excitación. Como foi posible ser acendido por unha muller tan depravada? Ademais, o seu corpo en violentos espasmos díxolle o contrario.

Sonia notara que a tanga mollárase e sorría diabólicamente. Chegou e comezou a xogar coa correa para quitalo.

Non obstante, Mónica quería absolutamente saír desa situación desesperadamente e a razón prevaleceu.

Cun esforzo incrible logrou romper parte da estrutura metálica e liberar a man dereita.

Despois sacou a mordaza e comezou a berrar coa maior respiración posible na gorxa, arrincando todos os electrodos.

Sonia atopouna diante dela libre e recibiu unha patada na cara que a desmaia.

Mónica, aterrada, fuxiu coa roupa.

Nun momento de claridade, pensou en avisar á policía unha vez que chegou a casa.

Agora Sonia e Mónica están na comisaría.

Mónica demandara a Sonia por agresión sexual, dicindo a verdade en cada detalle. Non obstante, a casa de Sonia estaba illada e ninguén a vira marchar nese estado nin ninguén a escoitara berrar. Ademais, a historia non era moi crible, porque á policía resultou estraño que unha muller forte coma ela fose inmobilizada por unha delgada como Sonia. E entón o "tratamento" non deixara pegada no seu corpo, que agora estaba en perfecto estado de saúde.

Sonia maldicíase.

Que lle ocorrera?

Atácaa así.

Sen dúbida foi un soño telo, incluso por uns minutos, pero agora? Mónica nunca máis confiará nela.

A burla dos compañeiros e as opinións da xente non lle interesaron. O que máis a incomodou foi perder o control e verse nunha situación perigosa.

Certamente non puido predicir que a fera furiosa rompería parte do marco metálico, pero con tal físico ...

Prometeuse a si mesma que no futuro tería mil veces máis coidado. Porque aínda está decidida a facer realidade a súa fantasía.

Polo momento limítase a manexar a desagradable situación: a falta de probas, é a que acusa a Mónica de atacala cunha patada despois de case desvestila para seducila. A versión de Sonia, coa súa aparencia da típica rapaza con boas maneiras e dunha boa familia, sostida pola ferida no beizo provocada pola patada de Mónica, é máis probable aos ollos da policía que hipotetiza un ataque de Mónica despois de unha negativa de Sonia.

Despois de varios días de investigacións, a xente interrogou, todo remata nun punto morto debido á falta de probas.

Sonia lanza un suspiro liberador de alivio dentro de si; despois de asumir unha expresión asustada e indignada diante dos comisarios. Unha vez fóra, mira a Mónica directamente aos ollos cun sorriso malvado e luxurioso coma se dixese: ¿Viches, puta estúpida, de que son capaz? Nos seus ollos, vostede é case máis culpable ca min. Sabe que tarde ou cedo serás MIA ...

Mónica está desconcertada.

Decátase de que actuou inxenuamente e temerariamente.

Hai só uns días descubriu que Robert, o seu compañeiro de estudos, tiña motivos ocultos e veu espialala mentres íntima con Félix.

E agora este compañeiro a inmobiliza para torturala. Por sorte tivo a forza de liberarse, se non ... intenta non pensar no que puido pasar. Ademais dese estado de emoción cando estaba desamparada á mercé daquela tola?

Mellor non pensalo e pensar no teu futuro como atleta, volvendo aos adestramentos.

E sen electroestimuladores ...

Pequeno paréntese

Unha semana despois do feito.

Mónica compartiu a súa versión cos seus compañeiros / as de clase. Moita xente cre a Mónica, é unha rapaza moi querida e respectada, non só obxecto de envexa e desexo.

Sonia non ten amigos, é unha rapaza tímida. Como resultado, non lle importan as miradas despectivas das persoas. Volveu xogar aos seus pequenos xogos con animais de laboratorio e cobaias.

Hoxe está prevista unha excursión ao parque.

Estará soa vendo aos nenos e nenas bromear, xogar e cortexarse, incluída Mónica.

Curiosamente ese día, despois de nadar no lago do parque, un grupo de mozas comezaron a reunirse con ela, para falar disto e diso.

Xuntos saen a pasear polo bosque.

Cando se achegan a unha ruidosa fervenza, deixan de falar.

A Sonia asústalle a aparencia dos seus improbables amigos.

"Agora terás unha pequena lección"

É levada ás ás, incapaz de rebelarse, detrás dunha rocha, asustada.

Mónica agárdaa detrás da rocha.

"É todo teu, Mónica, dálle unha boa lección, quedaremos na entrada para evitar que se achegue ninguén, aínda que o lugar é case descoñecido; nuns vinte minutos volveremos por ti; divírtete".

Sonia está nun estado de terror.

A impoñente e fermosa figura do obxecto dos seus desexos destaca a un metro dela. Pero non é o que che gustaría. A Sonia gustaríalle que a amarrasen, á súa mercé, agora están sós e só Deus sabe o que pasará.

Mónica quítase os calzóns e a camiseta, quedando nun biquíni.

Achégase a Sonia, que por un momento a ve como amante e cae de xeonllos para admirala.

Cando ve a Mónica así xa non pensa, fai o xesto de bicarlle o embigo.

En resposta, recibe unha patada no estómago.

"Agora espida, PERRA"

Sen comprender as súas intencións, obedece sen dubidalo.

"Completamente"

Mónica tamén se quita a última roupa.

"Non teñas ideas estrañas, cadela, non quero mollarme a roupa"

As dúas mozas, espidas, son un evidente contraste entre elas; beleza e feísmo, forza e fraxilidade, sensualidade exuberante e timidez vergoñenta.

Mónica arrástraa polos pelos cara á fervenza e bótaa á auga, mergullándose detrás dela.

Colle polo pescozo e levántaa.

"Agora nestes vinte minutos terei unha pequena vinganza, cadela, e espero, sobre todo por ti, que nunca máis me fales ... ah, non te preocupes, non deixarei signos visibles para que me denuncies"

Sonia mira ao seu ex cobaia con nostalxia e admiración.

Mentres está dobrada coas mans ao redor do pescozo, os seus ollos están cheos de ira. No esforzo de elevala, contrae todos os músculos do seu magnífico corpo.

Sonia ve a Mónica con todo o seu esplendor e con toda a súa furia, aínda que a situación se inverta, en comparación coa última vez.

Durante os seguintes 20 minutos, Mónica mergulla a cabeza de Sonia varias veces, empurrándoa ao límite. Mentres o sostén, tamén o bate varias veces. Debes desafogar a rabia por sufrir ese sentimento de vulnerabilidade que sentiches na casa da puta. E sobre todo por esa emoción sen sentido que sentira.

Mesmo neste momento pregúntase por que tiña que espirse completamente, o traxe de baño tería secado á calor.

E ao estar espida e soa con ese ser perverso, volve emocionarse.

Isto enfurécea aínda máis, provocando que manteña a cabeza baixo a auga uns momentos máis do que debería.

Sonia engole auga e comeza a tusir convulsivamente.

Mónica detense, recolléndose.

Nestes minutos Sonia sofre fisicamente, pero claramente sabe que Monica só quere darlle unha lección. E isto a tranquiliza. E ver a esa besta con toda a súa furia acéndea, pensando que lle podería facer se está nas condicións axeitadas.

"Agora vaite"

Di Mónica, un pouco impactada pola inexplicable emoción que sentiu xusto antes.

Sonia míraa, vestíndose, preguntándose se os pezóns de Mónica están tan erguidos por mor da auga fría ou por outros motivos.

Os ollos atópanse e Sonia volve ter esa luz diabólica nos seus ollos.

-Quero telo-

Mónica pensa en Sonia.

Ela marcha, tose, disparando miradas asasinas aos "amigos" de garda.

Mónica sabe que os seus amigos únense cando lles berra.

"Déixaa en paz!"

Os amigos entenden o momento difícil e retíranse.

Na soidade da fervenza, Monica atópase lidando cos seus instintos.

Está espida na auga; Nos últimos tempos, os acontecementos con Robert e Sonia están a facerlle entender canto afecta a súa beleza impactante ás persoas.

Case se sente culpable.

E incómodo.

Séntese observada.

Xira cara ao cumio da fervenza.

Unha sombra furtiva foxe e retrocede nun arbusto.

Mónica, aínda conmocionada polo sucedido, cun prodixioso salto chega rapidamente ao mato na parte superior da fervenza e consegue atrapar ao insospeitado "admirador" ... Robert.

"Como? Vostede de novo?"

Mónica teme canto máis e máis sexa obxecto de atención non desexada.

Robert non ten nada que dicir, esta vez sabe que se equivoca e é completamente inxustificable.

Mónica, no medio dunha rabia descontrolada, pégalle con dous puños e apértalle o pescozo con forza.

"Maldito sexa! ¿Sabes o que queres de min? Só quero que me deixes en paz. Non che foi suficiente a lección do lago?"

Robert, incapaz de reaccionar, está no chan. As mans da súa amada agárranlle o pescozo mentres se senta encima del, espida a cabalo. A pesar da perigosa situación, vendo esa beleza salvaxe, non pode deixar de estirar as mans sobre o corpo espido de Mónica, acenderse, agora non ten nada que perder.

Mónica apenas comprende a situación e, cando nota unha protuberancia inconfundible nos boxeadores do rapaz, repelida pola aparencia do individuo, dálle unha patada firme nas partes inferiores, provocándolle unha dor indescritible.

A situación dela espida nun neno no chan, combinada cos acontecementos de pouco antes, provoca de novo unha estraña emoción na moza, case fascinada polo seu poder e forza e polo efecto que ten sobre as persoas.

Empurrando con forza o pensamento da súa mente, foxe deixando no chan a un Robert aniquilado fisicamente.

O que acaba de sucederlle, esa violenta patada, está a provocar unha dor desgarradora nas partes inferiores.

O obxecto do seu desexo é cada vez máis inalcanzable para el e cae cada vez máis baixo

Ultimamente descubrira o que pasou entre Sonia e o seu obxecto de desexo.

Isto moléstalle moito. Por riba de todo, pregúntase como conseguiu Sonia convencer a Mónica de conxelarse así. A continuación, a historia dos electroestimuladores ... avergoñase de si mesmo espertándose con só pensalo.

Sente certa envexa por esa estraña rapaza delgada e fea con paixón pola xenética: pensou que a tiña, aínda que só fose uns minutos e dun xeito malvado.

E canto tería dado por estar só con ela nesa casa, con ela completamente espida e atada?

Pero en que pensa? Non, pensar nestas cousas só che fará dano.

É mellor unha digna dimisión.

TERCEIRA PARTE
MONICA E O SEU DISFRACE

45

2018 - O deporte

A ninguén que vira a Mónica nos últimos anos, o seu corpo, do que é capaz, incluso en competición cos rapaces, non tería a menor dúbida de que ten todas as credenciais para converterse nunha atleta de nivel absoluto. Case parece, aos 21 anos, que ás veces supera as leis da física. O que sorprende dela é o feito de destacar tanto en disciplinas nas que se require forza (como lanzamento de peso, lanzamento de xavelina) como en disciplinas de velocidade como carreira; Ela consegue adiantar aos atletas negros en disciplinas puramente de velocidade, causando asombro, admiración e incluso envexa dos atletas que a rodean.

A natación permítelle manterse en forma, pero incluso nesta disciplina sobresae e consegue manterse ao día coa maioría dos rapaces.

A disciplina na que consegue combinalo todo con resultados excepcionais é o salto con pértega, tanto que se centra máis nesa especialidade, cun pouco de pesar por non poder competir en todas as disciplinas (cousa que podería facer facilmente).

A súa relación con Félix rematou hai moito tempo, a pesar da atracción que sentía, non podía soportar os seus celos; por outra banda, entende, véndose no espello, que ningún home pode deixar de admirala. Pero é mellor así, nese momento séntese boa consigo mesma e libre.

Só falta dende o punto de vista profesional. É certo que se está preparando para os Xogos Olímpicos, que xa son bastante famosos, que lle propuxeron camiñar, pousar para os calendarios ... pero séntese case atrapada por esa vida de adestramentos e carreiras.

Gustaríame ter máis satisfacción.

O nacemento do superheroe

Un domingo coma calquera outro, despois de pasar un sábado nunha discoteca con amigos e unha marabillosa noite de amor cun rapaz que coñeceu esa mesma noite, ve a televisión e está fascinada por unha serie na que tres fermosas nenas se disfrazan. un traxe axustado e ... rouban.

Mónica non ten problemas económicos, aínda que non navega de ouro, pero prevalece o seu desexo de probar novas emocións.

Unha noite leva un traxe de baño axustado gris escuro.

Vísteo sen nada debaixo.

Prepare tamén unha cuberta facial, que tamén sexa axustada.

A túa primeira "misión" é explorar a cidade.

Como facelo sen ser visto?

As súas habilidades atléticas axudan ... e o seu eixo tamén.

Desde a fiestra da residencia, ás 2 da mañá, baixa silenciosa sen ser descuberta, axudada tamén pola cor do traxe.

Aínda que non se pode ver así, decide cruzar as zonas menos concorridas.

Os tellados son os lugares máis sinxelos para controlalo todo.

Mónica está satisfeita consigo mesma: a idea de saltar de teito a teito coa axuda dun poste, ademais de permitirlle ter a situación baixo control, permítelle adestrar aínda máis (coma se o necesitase).

Despois da primeira noite de patrulla, veñen máis, pero ata agora parece máis ben un xogo.

Unha noite decátase de que un grupo de delincuentes está a entrar nun supermercado.

O sentido común diche que avises ás autoridades ... pero a túa coraxe prevalece.

Cun salto prodixioso pousa no tellado do supermercado.

Escóase por unha fiestra para ver a catro homes con máscaras de esquí caixas baleiras.

Non sabe por que entrou alí, que pode facer agora? Quizais só a curiosidade ou o desexo de probarse.

Os seus movementos son axudados polo feito de que as luces están apagadas e os criminais non son conscientes da súa presenza. Pero acontece algo inesperado: o que parece ser o xefe dille algo á súa parella, que vai ao cadro de mandos acendendo todas as luces: obviamente notou a súa presenza.

Co corazón na gorxa, Mónica agáchase detrás do mostrador refrixerado, intentando gañar rapidamente a saída.

Un dos catro o ve!

"Ei, para ..."

Mónica tenta escapar do home e está triunfando, sendo moi rápida; Decide volver á fiestra pola que entrou, xa colocou varios metros entre ela e o home, cando á volta dunha esquina atópase co xefe e con outro, ambos cunha pistola apuntada cara a ela.

"Xogo rematado"

Agora hai catro ao seu redor e Monica maldícase pola súa imprudencia e estupidez.

"Agora dime quen es e que fas aquí, mentres tanto, coas mans na cabeza"

Agora que Mónica está coas mans encima da cabeza, o mono axustado destaca as súas formas sinuosas, os peitos gordos e firmes, as nádegas esculpidas, os brazos musculosos, o feito de ter medo, máis que o cansazo de correr, faina respiración rápida e falta de aire. Sinte os ollos dos matóns sobre ela.

"Eres muller, eh? Interesante, agora mentres che apunto esta pistola, quítate ese bonito traxe, empeza pola túa cara, quero verte na cara"

Mónica non sabe que facer ... os ladróns teñen máscaras de esquí, as cámaras non son un problema para eles, pero ela ... o seu recoñecido rostro, a súa foto nos xornais, a súa carreira arruinada, o ridículo da xente ... é petrificado e incapaz de pensar con claridade.

"Ben, neste momento ... vostedes dous, agártense con forza".

Os dous achéganse a ela e collen os seus brazos, manténdoos firmemente ás costas; teme o peor.

"Xefe, é un pouco máis alta ca nós e mira os seus brazos ... ¿non sería mellor atala?"

"Basta, lembra que somos catro e que só é unha muller, covarde"

O xefe achégase coa pistola apuntada e acenos para sacar a máscara.

Mónica, neste momento, seguindo o seu instinto, estira un forte xeonllo cara ás partes inferiores do home, lanza con forza aos dous que a sostiñan contra a parede, quitándoos coma dúas pólas. Entón agarra a dor do xefe e lanza contra a parede cara á habitación que lle apuntaba a pistola.

Cun salto está sobre os dous, colle as armas e empúxaas, comezando a golpear e patear aos dous infelices, facéndoos desmayar.

Os dous restantes, os que lle suxeitan os brazos, lanzanse a ela con dúas barras de ferro. O primeiro neutralízase cunha patada no nariz, pero o segundo consegue golpear a Mónica no abdome; incrédulo ve que a moza sente o golpe e cae por un momento, pero nun segundo está de pé e o desarma. Agora é o único que non está inconsciente, pero está aterrorizado: quen podería volver de pé despois dun golpe así?

Mónica agárrao polo pescozo e golpéao contra unha parede. Ela mesma está fascinada pola súa forza e poder. Lembra a situación, a sensación de costas á parede, con catro homes contra ela, dos cales dous están armados, as súas olladas avariciosas cara ao seu traxe gris, a conciencia de ser vencedora, volven emocionala ... a mesma emoción iso a inquietara hai uns anos. A cousa molesta, apreta forte o pescozo da vítima ...

As sirenas interrompo todo.

Mónica decátase do perigo de ser descuberta e escapa rapidamente.

"Espera ... pero quen é, esa cousa vestida de gris, parecía unha muller ... rapaces, veña aquí, hai catro ladróns inconscientes no chan, compróbao".

Mónica é moi rápida, a adrenalina axúdaa.

Chegado ao teito, usa o poste para saltar dun a outro, o son das sirenas esvaécese.

Ao chegar a unha zona pouco poboada, baixa dos tellados e comeza a correr a unha velocidade vertixinosa, pegándose na man, cara á residencia.

Milagrosamente non é descuberta e cae no seu cuarto con gran alivio.

Está un pouco impresionada, pero está ben.

Pero que lle pasa?

Quere entender.

Vai ao espello, quítase a máscara, aínda está disfrazada.

Quítase tamén o traxe gris e mira o corpo espido; está suada de correr. Os seus recordos voan cara á súa primeira "patrulla", despois ao encontro cos ladróns, as armas apuntadas cara a ela, a súa devastadora reacción ... e hai uns anos de novo ... esa rapaza malvada que a inmobiliza e a tortura. E vexa a liberada pola forza ... a que sostén a cabeza da nena baixo a auga, a que golpea ao "voyeur" Robert.

Obsérvase mentres a súa man vai acariñándose, roda no chan, aprieta os peitos con forza ... e consegue un pracer nunca antes experimentado.

Está molesta.

Nin sequera feliz.

Pero gustáballe pasear pola cidade pola noite ...

Ao día seguinte de que as noticias e os xornais falen da historia, un vídeo no que, vestida de gris, se lanza aos delincuentes e foxe móstrase reiteradamente en varias emisoras e en internet.

"Os ladróns, cando son interrogados, revelan como esta" pantasma gris "saíu da nada e como a súa extraordinaria forza lle permitiu botalos fóra ... agora a xente xa está animando a un improbable superheroe" "Fantastic Girl", é o nome máis popular ... quen é? Por que fai isto? Como pode ser tan forte? Todas as preguntas que, de momento, non teñen resposta ... "

Ao ler o artigo, Mónica sorrí, sabendo que non o poden rastrexar.

A Fantastic Girl gústalle ...

Claro que a policía a buscará, aínda é alguén que non respecta as leis, baixando polas fiestras dos supermercados pola noite e facendo xustiza pola súa conta ...

Decide esperar unhas semanas antes de "volver saír".

Decembro 2018 - A Captura

Hai uns meses que naceu Fantastic Girl.

Mónica sorpréndese de que un comité externo do campus reuniu a unha serie de mozas de 16 a 35 anos, de gran forza física, máis ou menos da mesma altura e complexión.

A cita é no campo de atletismo, onde se fai unha liña de nenas para que unha a unha entren e se senten nunha habitación, intercambien unhas palabras cunha señora e saian inmediatamente despois.

Mónica está perplexa, pero entra tranquilamente na habitación.

Unha muller duns cincuenta anos está sentada na cadeira cun estraño teléfono móbil sobre a mesa (nunca antes viu ese modelo).

Agora recoñece á muller desde que presenciou o seu interrogatorio polo episodio con Sonia.

Despois de observar a Mónica da cabeza aos pés cunha mirada estraña, pregúntalle información, nome, enderezo, idade, etc. ...

A última pregunta sorpréndea:

"¿Coñeces a Fantastic Girl?"

Mónica é incrédula, que tipo de pregunta é esa?

Despois dun momento de indecisión:

"Ben, si, sei que é unha especie de superheroe que ultimamente" observa "a cidade ..."

A señora interrómpea.

"Ben, si, en realidade é útil para a comunidade, aínda que aínda sexa unha proscrita; por iso a policía quere interrogala, pero non parece moi inclinada a ser arrestada; é unha pena, a policía gustaríalle colaborar con ela ..."

"Entendo, pero por que viñeches aquí?"

"Ben, é sinxelo, os pequenos datos que temos sobre Fantastic Girl son que é unha muller, que é forte, alta, atlética e opera nesta rexión ... digamos que estamos tomando datos sobre heroínas potenciais, nada de que preocuparnos. .. "

A señora mira o teléfono móbil.

"¿Es unha Fantastic Girl?"

Monica deixa entrever un sorriso falso.

"Pero non bromemos, claro que non!"

A señora mira o teléfono móbil.

"Está ben Mónica, podes ir".

Monica está preocupada, aínda que non teñen probas que a localicen.

Nos últimos meses sempre foi cautelosa.

As súas patrullas foron moi discretas, só cando atopou algo grave, como asaltos, roubos, violencia, interveu de xeito rápido e letal: non recorda cantos atracadores, violadores e atracadores eliminara con relativa facilidade.

Varias veces atopouse coa policía, cuxo obxectivo era, con todo, arrestala, pero fuxiu rapidamente.

En calquera caso, os policías perseguírona como unha forma de falar, máis por deber; ao cabo, un así na cidade era conveniente para eles. Por esta razón, parece aínda máis estraño que algunha "comisión externa" se moleste en comprender quen é Fantastic Girl.

E entón esa señora parecía moi, demasiado segura de si mesma.

Ben, en calquera caso nunca abandonaría esa vida: había moita satisfacción, demasiada adrenalina cada vez que vestía ese traxe.

Nos últimos meses intensificou notablemente o seu adestramento, mellorando aínda máis (como se fose necesario) a súa forza e, sobre todo, a súa elasticidade.

Non sabía que o seu corpo podería chegar ata aquí, descubrira máis potencial oculto e desenvolveu músculos en zonas que nunca imaxinou.

E cando baixaba tranquilamente dos tellados das casas para sorprender aos delincuentes e derrubalos, a pesar de que a prudencia suxería o contrario, sempre preferiu ser descuberta, despois amosar a súa forza e eliminar catro ou cinco ao mesmo tempo. O asombro dos desgraciados, o medo e a conciencia do seu poder provocáronlle sensacións estrañas, similares ás que odiaba cando estaba con Sonia ou Robert.

Esta noite foi coma calquera outra.

Ladróns nun centro comercial.

Non hai sombra dunha patrulla policial.

É o seu momento.

Entra e, na escuridade, ve sete homes armados.

Esta vez será difícil, pero xa derrubou a máis deles coa súa extraordinaria forza e axilidade.

E así acontece.

Aparecendo da nada, colle aos sete homes desprevenidos e pédalos con facilidade.

Pero non vira ao oitavo, que vira a escena desde arriba.

Un dardo pégalle no brazo; ninguén a pegara nunca. Despois de dous segundos xa estás inconsciente.

Esa noite os policías parecen non dar crédito a que "pillaron" a Fantastic Girl, tanto que xa están a discutir a posibilidade de non revelar que xa estaba inconsciente no chan para facerse co crédito e ir como heroes.

En calquera caso, espótanna e lévana á cela, á espera de ser interrogada ao día seguinte.

Mónica esperta na cela, esposada, disfrazada e ... sen máscara.

Está furiosa, pero consigo mesma. Demasiado confiado e lixeiro na actuación, demasiado confiado nas súas calidades ximnásticas.

Agora a súa identidade revelarase á prensa e, por desgraza, cambiarán moitas cousas para ela.

Escoitaba discutir aos gardas.

"Despois de publicarse as fotos de Fantastic Girl, a prensa difundirá a historia de como a capturamos; xa chamei a un xornalista amigo, as fotos están no arquivo. Sinto un pouco por ela; pero mentres tanto despois de que que fixo pola cidade, ningún xuíz terá a coraxe de sentenciala, nin sequera de pagar unha multa. O único é que agora todo o mundo sabe quen é. Mónica G. é Fantastic Girl, quen o tería pensado? Claro, agora explicámolo forza física ...

Ei, para, quen es ti? Ninguén pode entrar aquí ... "

Un golpe. Un éxito. Outro golpe.

Sete homes con traxe azul entran armados e abren a cela, apuntando con estrañas armas. Un dardo pégalle e desmai.

O día despois nos xornais:

"SENSATIONAL: Fantastic Girl resulta ser a promesa do atletismo mundial Monica G., considerada por todos case unha alieníxena polos seus agasallos atléticos, sobre todo pola súa beleza. Pero o día da captura consegue escapar dalgún xeito, quizais coa axuda de cómplices. O feito é que neutralizou a dous gardas e fuxiu. Ninguén a atopa, non compareceu para adestrar. A policía xa emitiu a alerta fronteiriza. O certo é que, antes de ser unha heroína amada por todos, despois de matar dous axentes son culpables de asasinato ... "

CUARTA PARTE
ROBERT E SONIA

2018 - Carreira, complicidade

Quen non fantaseaba con ser axente da CIA?

No imaxinario colectivo son eles os que son decisivos para eventos de vital importancia como o terrorismo, os intentos de atentado, etc.

No cine, por exemplo, xa nin sequera necesitas falar diso.

Axentes, homes ou mulleres preparados para calquera cousa, máis dotados físicamente e intelectualmente que outros, moralmente inflexibles e fieis á súa terra natal.

Por desgraza (ou por sorte, dependendo do teu punto de vista) as cousas son moi diferentes no mundo real.

O "grupo", en primeiro lugar, non ten nome e non é coñecido pola xente común.

Por suposto, a CIA existe, fai moitas das actividades que ves nas películas.

Pero quen realmente o controla todo non pode estar alí para que todos o vexan.

E quen traballa alí é de todo menos moralmente insubornable, de feito, búscase o contrario.

Pero imos dar algúns pasos cara atrás.

2017 - Contratación

Sonia non está deprimida, está "en espera", á espera dunha situación favorable.

Despois do disparate con Mónica, a xente, a diferenza do famoso atleta da cidade, evítana.

Non pasa un día sen maldicir ese maldito xoves que decidiu convidar a Mónica.

Por suposto, ese día tamén experimentou a maior emoción da súa vida ...

Ante a discriminación que sufriu, tamén tivo que loitar por atopar traballo; por iso está abraiada coa entrevista concedida nunha sala de conferencias do mellor hotel da cidade; non sabe o que é nin o nome da empresa.

"Bos días Sonia"

"Ola".

Unha muller duns cincuenta anos saúdaa con confianza, cunha estraña luz nos ollos.

"Como se sente ser considerada unha lesbiana sádica perversa polos cidadáns?"

"Eu ... non ..."

"Oh, Sonia, non serve de nada negalo. Mira, estiven presente no momento da denuncia, cando souben da natureza da denuncia, presentei a esta cidade e asistín ao teu interrogatorio. Mira, fuches moi listo para negar e inventar iso historia. que TI rexeitaches a Mónica e che pegou. Pero eu tiven isto ... "

Un obxecto similar a un teléfono móbil.

"Mira, este obxecto indica sen posibilidade de erro se unha persoa mente ou non ... e Mónica non mentía, asegúroche"

Sonia estaba enfadada.

"Mira, non sei o que quere de min, estes miserables enganos déixanme indiferente; a súa historia nin sequera aguanta; se fose como di el tería que intervir e arrestarme despois de ser interrogado, en vez de deixar caer o asunto por falta de probas "

"E por que tería que facelo?"

"Pero ... síntoo, ¿non é da policía? Que me queres?"

"Faite cómoda rapaza, agora direiche quen son e que quero; a min interésame moito o teu coñecemento de xenética, por certo ... ah, fálame de ti"

Nuns trinta minutos aclara todo.

O grupo controla o destino do mundo. Faino cunha man invisible. Os fondos e instalacións que posúe son secretos. Como as tecnoloxías avanzadas que teñen, incluído o "teléfono de verdade" visto arriba. Ademais de axentes espallados polo mundo, ten un centro de investigación dividido en varios departamentos: enxeñaría, física, xenética.

O Centro de Bioloxía / Xenética trata de experimentos humanos de varios tipos. Grazas ao arriscado mestizaxe, á cirurxía, ao electroshock, o grupo conseguiu crear o soldado perfecto, a partir do ser humano: son homes e mulleres perfectamente sans que medraron desde que naceron no laboratorio, pero cunha característica fundamental: a obediencia cego a superior; carente de diferentes vontades e desexos de servir ao grupo.

No centro hai numerosos estudos, sempre experimentando, sobre fatiga, resistencia á dor, instinto sexual. Estes experimentos lévanse a cabo só con fins cognitivos e pendentes de desenvolvementos futuros en pobres pobres.

Os porcos de Guinea seleciónanse con coidado: humanos de ambos sexos, maiores de idade, sans e robustos na medida do posible para soportar varios "tratamentos". Escóllense principalmente atletas, soldados, exemplares fisicamente fortes, incluso prisioneiros ou prostitutas. Os afortunados úsanse para a reprodución e vense obrigados a aparearse con outros "reclutas" repetidamente. Outros úsanse para probas de fatiga. O máis desafortunado para probas de limiares de dor. Algúns exemplares especialmente atractivos son "incautados" pola dirección e utilizados para o pracer do persoal.

Os soldados perfectamente creados úsanse para o "recrutamento", soldados infalibles que conseguen levar a cabo os secuestros maxistralmente. Os temas escóllense entre os estamentos superiores da organización, da que forma parte a misteriosa muller.

Os directores do centro están envellecendo e loitando por seguir coa tecnoloxía. É necesaria unha renovación.

A dirección seleccionou a Sonia por dúas características esenciais: o coñecemento biolóxico-xenético e a súa falta de humanidade.

"Querida Sonia, sei que agora todo che parece irreal. Sabe que se es un de nós dedicarás a túa vida a nós. Non necesitarás o salario porque vivirás na estrutura. Pero a mellor recompensa será, para ti, unha área totalmente equipada para a túa experimentos, con tantos cobayos humanos e modificados ás túas ordes. Sei que así che gusta, non te avergoñes. Espiámosche mentres xogabas aos teus "xogos" cos animais. Ven aquí á mesma hora mañá, se es un de nós. Se non te vemos, significa que non che interesa e borraremos a túa memoria desta reunión ... si, por suposto que podemos. Se vés connosco desaparecerás e para os teus coñecidos xa non existirás. O último: non queremos ter o mundo nas nosas mans Só queremos comprobar que ninguén ten poder absoluto. Isto require sacrificios,incluso vidas inocentes.

Adeus, ou mellor dito, pronto, Sonia.

Ah, son membro 231, pregunta por min "

Sonia ten unha noite sen durmir. Xa decidiu aceptar, pero quere gozar do seu "non adeus" aos seus pais, aos seus coñecidos, pensando no pouco que se preocupa por todos eles; o seu único pesar: botará algunha vez a Mónica de novo? Quen sabe?

En calquera caso, desaparecerá sen ruído ...

Ao día seguinte chega á cita cunha mochila chea desas poucas cousas útiles para unha muller.

"Esperaba volver a verte, Sonia. Se tes roupa na mochila dígoche que non será necesario, atoparás todo o que necesites nas nosas oficinas"

"Está ben"

"Confía en min, se te comportas recibirás recompensa de interese ..."

Sonia non entende o significado da frase, pero sobe, sen dubidalo, nun helicóptero.

A sede do centro de investigación parece estar no medio do mar.

Sonia case asusta cando o helicóptero baixa ao mar aberto.

De súpeto, despois dunha comunicación por radio do piloto, unha illa vese aos seus ollos.

Sonia queda sen palabras.

"Dispositivos de encubrimento, Sonia. A illa tamén pode pecharse e mergullarse por precaución cando a ruta é atravesada por un barco, pero ocorreu unha vez nos últimos trinta e oito anos ..."

Unha illa de soños, grande coma unha metrópole.

Moita vexetación e espazos verdes.

Pódese ver unha impoñente estrutura, cara a onde se dirixe o helicóptero.

Cando se achega, pódese ver a xente con uniformes azuis apuntando estrañas armas a homes e mulleres semidesnudos que corren por unha estrada cercada a unha velocidade vertixinosa.

"Xa ves, os azuis son humanos modificados xeneticamente; xa recibiron unha aprobación categórica para obedecer incondicionalmente. Neste momento, os cobayos están a facer unha proba de resistencia ás drogas para ver os efectos a longo prazo da substancia; aquí, en cambio, hai as residencias para a administración, das que formará parte desde hoxe; só hai seis persoas para xestionar e dirixir o centro, o resto son humanos modificados ou cobaias. Eu dou as ordes aos seis, Reviso o avance da investigación e informe aos meus superiores ".

Sonia coñece aos outros seis membros: George e Rachel, a piques de retirarse, responsables respectivamente das partes electrónicas / informáticas e biolóxicas / xenéticas (das que Sonia se encargará). Os demais membros encárganse de loxística, finanzas e subministracións.

"Sonia, traballarás xunto a Rachel durante un mes, despois de que gozará da súa merecida xubilación e ti ... a túa merecida misión".

Sorriso.

Xa tes un pouco de práctica.

O primeiro día despois de "contratala", Sonia familiarizouse cos procedementos e o equipamento. Rachel lémbralle un pouco a si mesma no seu xeito de manexar os conejillos de Indias, fríos cunha sonrisa diabólica.

Sorpréndelle como todas as súas fantasías diabólicas sexan unha realidade sinxela nese lugar.

Mira fascinado como unha muller negra está encadeada nun mecanismo xiratorio, completamente espida ao sol.

As amarras son tiradas para que o cobaia estea en tensión. A operación complétana os humanos modificados; neste momento intervén Rachel.

"Despois da operación, xa que se reducirá a un estado semi-vexetal, utilizarase para outras probas. É unha pena, gustaríame facelo sen o tratamento, pero é o procedemento. Quixera ver como reaccionou en todas as súas facultades, ten un carácter rebelde, que tanto me gusta. Pero hai que ter paciencia.

O mar está cheo de peixes ...

Seleccionouse para a proba que estamos a realizar este conejillo de indias negro. Carla, é o seu nome, unha atleta cubana de vinte e un anos que corre 100m, 200m e tamén practica salto de lonxitude, unha atleta cun gran potencial, como se pode ver no seu corpo. Aínda que aínda non tivo a oportunidade de ser famosa, ao parecer "

Sonia observa e escoita con morbosa atención a natureza da proba.

O conejo de Guinea quedou inmobilizado ao sol, atado a este dispositivo que funciona como un "cuspe". Controlouse a frecuencia cardíaca con electrodos que Rachel estivo aplicando a diferentes áreas e a súa temperatura con sondas colocadas na vaxina e no ano.

Deste xeito pódese ver como reacciona o conejillo de indias ante a exposición ao sol.

A proba realízase en homes e mulleres de diferentes razas e idades para obter datos estatísticos.

Rachel admira o corpo de Nadia: alto, delgado, musculoso, sen un chisco de graxa e, malia todo, cos seos bastante grandes. As mans e os pés estaban atados en forma de X; a tensión das cordas fixo destacar os seus músculos.

Por suposto, as súas características non eran bonitas, non moi femininas e, de todos os xeitos, incluso como física non podía comparar con Monica ... ahhh Monica, que recordos, quen sabe onde está agora?

Sonia deixa de pensar en Mónica e observa como Rachel aplica friamente os electrodos e as sondas.

Están a piques de marchar, pero Sonia queda uns minutos máis para observar á femia espida e atada ao sol e o funcionamento do mecanismo que a fai xirar lentamente.

Cando se forman as primeiras perlas de suor, pasa un dedo debaixo das axilas, como para facer cóxegas a Carla, que parpadea, un instintivo desexo de liberarse. A cousa divírtelle, así que repite o acto, tocándoo debaixo dos pés, no abdome, no peito. Foi interesante como destacaban os abdominais aínda que estaba "axustada".

Rachel sorrí.

"Veña, Sonia, temos que rematar as probas de hoxe, terás tempo de divertirte despois do traballo"

Ben, levaría máis tempo, non tería tanta "présa".

De feito, notara que Rachel non pasaba moito tempo coas nenas. Preferiu demorarse nos machos, tocounos moito, sen vergoña, ao cabo, eran cobaias.

O día continuou con regularidade, Rachel explicándolle cada vez máis o traballo.

Pola noite, os cobaias lévanse a células separadas e aliméntanse.

A dirección retírase á residencia, equipada con todas as comodidades.

A cea servida por humanos modificados é deliciosa.

Sonia encaixa facilmente no grupo.

O membro 231 brinda polo recén chegado.

"Agora toca retirarnos aos nosos anexos. Ben, todos se divirten como prefiren ..."

Unha risa traviesa, dirixida a Sonia.

Rachel acompaña a Sonia ás habitacións.

"Que significou esa risa sobre a diversión? Non entendo ..."

"Veña, Sonia, agora explícoo".

Lévaa a unha á privada da sala de detención.

"Aquí están os cobaís que eliximos para o noso" entretemento "; por suposto son os exemplares máis atractivos. Podemos facer o que queiramos con eles, ter relacións sexuais, torturalos ou simplemente mantelos encadeados na habitación para admiralos ".

Sonia observa unhas vinte células.

O loxístico, un home duns corenta anos, gordo, calvo, vai á cela dunha muller mulata. Cun guiño a un varón humano modificado entra na cela, armado.

"Esta noite tócache, amigo; tira completamente"

O conejillo de indias, co terror nos ollos, espírase. É unha muller mulata nova, con dous fermosos ollos verdes. O seu físico é impoñente, case dous metros de altura, pernas afiladas e musculosas, uns seos firmes e naturais, un corpo fabuloso.

Sonia vólvese cara a Rachel.

"OMS?"

"Unha bailarina de vinte e dous anos. Escollémola porque vivía nunha cidade pequena e foi moi sinxelo recollela; ademais, é fermosa e dotada físicamente, por suposto. Esta noite tocoulle aguantar a Paul: é un sádico, gústalle usar o látego. É moi bo para provocar dor sen deixar danos permanentes. En calquera caso, os cobayos que "usou" deberían descansar uns días antes de ser reutilizados. Observe ... "

Un dispositivo rectangular que funciona con pequenas rodas introdúcese na cela; a vítima estaba atada en forma de X polas mans e os pés. Ela chora. Obviamente, ela sabe que esperar.

Paul entra lentamente examina as súas presas, bícaa, tócaa, cheira.

"Cheira un pouco, que o fixeches facer hoxe?"

"Dez quilómetros de natación pola mañá e cincuenta quilómetros de carreira pola tarde".

"Xustamente"

Colle unha boca de incendio e diríxea cara ao cobaia. Un chorro de auga fría golpea violentamente. Entón Paul xabónea a fondo, insistindo nos peitos e nas partes íntimas, mentres ela tenta en balde liberarse, observando ao pequeno home con desprezo e terror.

Cando todo remate, el lava e ordena aos humanos modificados que leven o carro coa bailarina atada ao seu cuarto.

Rachel diríxese cara á á masculina.

Detense diante da cela dun rapaz loiro musculoso. Trátase dun "compañeiro" sueco, que tivo a desgraza de ter a Rachel como cliente, que, atopándoo especialmente atractivo, persuadiu ao membro 231 de que o "recrutase".

O procedemento é similar, aínda que está encadeado coa roupa interior aínda.

Rachel invita a Sonia a participar.

O rapaz é alto e musculoso. As dúas mulleres fíxano coma un animal. Ese día someteuse a un tratamento intensivo de electroestimulación en todo o corpo.

Sonia móvese detrás del e fai pasar as uñas afiadas polas costas, provocando explosións instintivas no rapaz. Gústalle ver que os músculos se contraen co seu toque. Está a avaliar de novo a posibilidade de torturar homes, aínda que prefire ás mulleres.

Rachel únese a Sonia e, con mans expertas, comezan a burlalo e a morderlle por todos os lados.

O rapaz aínda está suado pola fatiga da tarde, pero Rachel prefire non lavalo; gústanlles cando están un pouco sudados.

Cando as dúas mulleres se poñen diante del e Rachel comeza a lambelo no peito, Sonia nota unha protuberancia inconfundible na roupa interior do neno.

Rachel non é unha muller fermosa, duns cincuenta anos, pero a forma elegante de vestir e as súas habilidades manipuladoras emocionan ao semental sueco. Sonia, tomada coma polo éxtase, emocionada, pero á vez indignada, dálle unha labazada violenta e agárrao polos pelos.

"Como te atreves, animal sucio, a erección? Non che ensinaron as boas maneiras. ¿É esta a forma de tratar a unha muller? Agora tereime de azoutar ata que desapareza o desexo ..."

Raquel a interrompe.

"Oe, tómalo con calma; este é o MEU xoguete, non o esquezas; agora levareino ao meu cuarto ..."

"Pero ... pero ... ok, perdón; é que tiven a impresión de que se divertía demasiado e, polo tanto, ..."

"Mira, Sonia, non todos son tan sádicos. Gústame burlalos, torturalos un pouco. A miúdo gústame acendelos, masturballos ata o orgasmo e despois interromperme inmediatamente de antemán. Debes ver como piden, creo que para eles é un das maiores humillacións. Pero ás veces fago que veñan. Con quen paga a pena ... pois aquí ... tamén teño relacións. Agora non te ofendas, pero retirareime á miña habitación con el. Podes escoller a quen queiras, aquí as únicas regras obrigatorias son: NUNCA as desatasques, non as dane permanentemente, non as mata.

Ei, leva ao sueco ao meu cuarto.

Veña Sonia, quero ver o que escolles "

Sonia camiña polo corredor vendo moitos exemplares machos de varias razas, todos moi altos e atractivos.

Pero o seu foco está na á feminina.

"Hmm ... debería ter entendido que prefería as mulleres", pensou Rachel sorrindo.

Había moitas nenas e moi atractivas; un de pelo e ollos escuros e o corpo dunha modelo lémbralle vagamente a Mónica, aínda que era máis vital, máis forte e máis fermosa; unha beleza tristemente inalcanzable, para o pesar de Sonia.

Entón algo vén á mente.

"Rachel, onde está a nadadora norueguesa?"

"Ben, está en tratamento agora mesmo, non a podes levar á habitación ..."

"Non, aquí ... só me gustaría vela"

"Está ben"

Camiñan uns pisos baixo terra e chegan a unha habitación controlada por unha ducia de gardas.

Ábrese a porta.

O noruegués está inmobilizado nunha cama en forma de X, con correas nos nocellos, coxas, cintura, pescozo, testa, bíceps e bonecas.

Ten un mono branco. Do traxe saen varios fíos en diferentes partes do corpo.

"Mira, este tratamento ten como obxectivo facela sufrir por moito tempo, pero sen causar danos físicos; para iso contrólanse os latidos do corazón e a temperatura; se os valores se fan críticos, a tortura eléctrica cesa, deixándoa descansar; hai un filmando todo coa cámara, parte do vídeo será transmitido aos conejillos de Indias como aviso.

Neste momento, como vexo na computadora, o conejillo de Indias acaba de soportar un ciclo continuo de 47 minutos, como se pode comprobar nas súas fortes respiracións; en media hora debería comezar de novo "

"Aquí ... Rachel, gustaríame estar aquí e velo un tempo; non farei nada, veréi como o ordenador manexa as descargas eléctricas".

"Ben, Sonia, cada un ten os seus gustos, é o teu dereito"

"Gustaríame preguntarche algo ..."

"Dime"

"Aquí gustaríame espirse ... ¿podo?"

"Ah, debería ter adiviñado, que desleixo; digamos que o traxe que leva non ten unha función específica. Non se tira porque o propósito deste tratamento é punitivo, non para o noso pracer. Ok, podes actuar como queiras; humanos modificados está á súa disposición, lembre de deixalos facer as operacións de inmobilización, dito que pode xogar co cobaia como pensa, o tratamento é automático. Que podo dicir, boas noites, teño un sueco medio espido e emocionado que me espera e esta noite síntome inspirado, mmm ... Podería metelo pola máquina de cóxegas ... un día amosareino, Sonia. Vémonos pola mañá. "

Sonia nin sequera ve a Rachel saír, leva uns minutos mirando morbosa ao noruegués.

Agora está só con ela; gardas están á súa disposición fóra da porta.

Quere gozar deses momentos lentamente.

"Nin sequera sei o teu nome de cadela; Rachel ten razón ao sentirse arrepentido de ti. O teu aspecto de rabia denota un temperamento que non se desistirá. E seguramente es o suficientemente forte como para romper esposas de aceiro, aínda que sexan defectuosas, e golpeen varios humanos armados modificados; aínda que estou vestido coma agora, podo ver que es delgado e forte; pero solucionarémolo de inmediato, comezarei a quitarche o top ... "

O tratamento comezou hai menos dun día, polo que a nena aínda está a pleno rendemento.

Ten unha cara alegre con pecas, ollos azuis e unha fermosa cor nas meixelas.

Entran catro gardas e dinlle a Sonia que se afaste, por seguridade.

"Só tes que sacar o tope por agora, grazas ..."

Os gardas, coas debidas precaucións, descomprimen o traxe e retiran a correa da cintura, levantando o traxe por riba do peito; a moza aínda ten unha camiseta branca; non importa, o pracer durará. Prenden ben o cinto ao redor da cintura.

Agora é a quenda das correas do bíceps, levantan o traxe ata as bonecas, deixando os brazos descubertos; Dado que os seus bíceps están agora libres, torce moito; A pesar de estar aínda totalmente inmobilizados, os catro gardas loitan por volver unir as correas esta vez á pel espida.

A operación análoga nos pulsos lévase a cabo, por seguridade, por separado entre a dereita e a esquerda.

Sonia entende agora por que as precaucións nunca son excesivas.

"Deixáronnos ..."

Volve examinar o conejillo de indias.

No traxe non sabía o musculado e tonificado que estaban os brazos.

Nada que ver con Mónica, pero cada vez estaba máis preto; A peculiaridade de Mónica era que era espléndida en todo. Aínda era fermoso, pero estaba lixeiramente desproporcionado con outras partes do corpo, como o abdome, que, aínda que suave e musculoso, non era comparable á masa dos brazos. Atopar unha única falla con Mónica foi difícil, pero non imposible.

A nena, cun pel moi xusto, está bañada de suor, o peito elévase e cae rapidamente á espera dun tratamento inmediato.

Unha correa conectada a varias burbullas estaba pegada á boca, impedíndolle falar; probablemente foi o medio de alimentala, xa que o tratamento durou polo menos unha semana. Electrodos nos pulsos.

Hai fíos que saen da parte superior do tanque no peito; podes ver unha cinta que envolve o peito, cubrindo os pezóns.

Sonia comeza a acariciar ao conejillo de indias na cara, no peito, no abdome, sentindo a firmeza dos bíceps. Decides quitar a camiseta sen tirantes mentres está atada. Ela sácaa do pantalón de chándal, métea baixo o cinto con dificultade, deixando ao descuberto os seus marabillosos seos latexantes. Os electrodos colocáronse no peito tanto para controlar os latidos do corazón como para provocar descargas eléctricas.

Chéreo, sua.

"Tes un pequeno corpo moi bonito, sabes, cadela?"

Lágaa no embigo.

"Estás salgado ... gústame"

A cobaia ten un impulso rebelde: non só terá que sufrir de xeito indecible durante unha semana, senón que agora tamén debe sufrir as depravacións desa lesbiana?

Ela lanza un gruñido mixto de rabia e frustración e tiróns nas correas.

Mira a Sonia con odio e desafío.

"Vexo que aínda tes moita forza. Gardas! Os teus pantalóns; quítalos completamente".

Os gardas son agora seis, as operacións lévanse a cabo lentamente e con coidado, usando correas adicionais.

Operación completada.

Sonia entende por que os seis gardas: as pernas teñen unha masa muscular impresionante.

Na zona anal e vaxinal hai tubos inseridos e fixados estratexicamente para que o cobaia poida realizar funcións fisiolóxicas durante o tratamento.

Outros electrodos aplicados aos nocellos.

"Garda, vexo que a cama ten un mecanismo, ¿podo estender as pernas máis anchas?"

"Por suposto"

A garda actúa sobre engrenaxes que estenden as patas do conejillo de indias case perpendiculares ao torso.

A elasticidade da moza é impresionante.

Sonia, de pé entre as pernas do cobaia, coas mans apoiadas suavemente nas coxas espidas, fíxase na súa presa. Acaricia as pernas mentres se contraen instintivamente no intento de escapar e míraa aos ollos.

"¿Aínda estás pensando en desafiarme?"

Sonia di, inclinándose para bicar o embigo e o abdome en varios lugares.

Cun frío lentitude deixa esa tentadora posición para moverse detrás dela, mantendo sempre un dedo en contacto co seu corpo e deslizándoo de xeito sensual.

O conejillo de Indias está furioso e tenta dicir algo a través da mordaza nunha linguaxe descoñecida por Sonia.

Agora Sonia está detrás dela e, colocando as mans sobre o bíceps do conejillo de indias, comeza a bicar sensualmente a testa, as meixelas, o pescozo e as orellas.

Ao mesmo tempo, desliza as mans sobre as axilas, os peitos, masaxeando con avidez e probando a súa firmeza.

O conejillo de Indias quéixase en protesta ao tratar de dicir algo.

Sonia volve ao seu lado e míraa sorrindo.

"Ei, que tes que dicir? Non falo o teu idioma. ¿Sabes que? Normalmente son máis sádico, menos doce, pero ... o feito de chuparte, síntoo, fainos instintivamente rebeldes aos meus toques e iso faino gústame tanto ... "

e de novo pasa as mans polo abdome e os seos.

De súpeto, o ordenador fai un son estraño similar a unha alarma.

Agora os ollos do cobaia están cheos de terror e van buscar a Sonia por axuda desesperada. A partir destes detalles, Sonia entende que o tratamento comeza de novo.

Inicialmente, emite un berro de rara intensidade, pero conxélase na gorxa despois dun segundo. A intensidade da tortura é tal que o cobaia non pode emitir un son.

Sonia observa ao animal con interese. A tortura permanece constante durante uns segundos en todo o corpo e despois alterna con intensidade variable, nalgunhas áreas, para permitir un tempo de recuperación fisiolóxica e non reducir demasiada sensibilidade á dor.

Cando se estimulan as pernas, Sonia apenas pode sentir visualmente un tic, unha contracción permanente no cuádriceps do conejo; polo tanto, colócase de novo entre as pernas e pon as mans nas coxas. No momento en que comeza o choque, sente a contracción dos músculos que os toca moito máis, a pesar da posición das pernas e das correas axustadas.

Agora a descarga vai a outro lado.

Impulsada por un instinto de "compaixón", achégase coa boca ao pubis monstro, mantendo as mans nas coxas e acariñándoas.

A súa lingua deslízase onde pode, entre sondas e electrodos, estimulando esa parte sensible. Berros de protesta da vítima.

Agora mire a parte superior do corpo. Cando é golpeado polo choque, contrae pecs, bíceps e abdominais dun xeito non natural ao mesmo tempo. Sonia pode ver a beleza dos seus músculos, brillando coa suor do conejillo de indias.

Durante vinte e cinco minutos gústalle ver o sufrimento da nena e admirar ao mesmo tempo o seu corpo atlético.

De cando en vez pasa as súas avariciosas mans sobre a pel para acariñala sádicamente, ás veces beliscándoa, ás veces sentíndoa sensualmente.

Cando o peito está "en repouso" as contraccións diminúen, pero de inmediato o peito comeza a subir e caer convulsivamente de novo. Entre eses momentos Sonia segue saboreando o corpo da vítima lambendo e cheirando.

Finalmente, a cabalo coa coxa, mentres un choque lle golpea o peito, lambe o embigo e morde, atopando nese acto un pracer que non sentía desde hai moito tempo, precisamente dende que vira a Mónica, na pértega, en o ximnasio.

Cando o tratamento cesa, Sonia reúnese, pasa unha man sobre o abdome e os seos da nena, observando que os seus ollos son agora inexpresivos, aínda que conservan ese toque de rabia e frustración que tanto lle gusta a Sonia. Está claro que o tratamento comeza a funcionar.

"Gustoume terte ao meu xeito, cadela. Creo que te volverei visitar estes días".

Un bico nas meixelas.

"Gardas, vístea ben".

Un vello amigo

É hora de que Rachel se despida.

Sonia está un pouco arrepentida, estaba afeccionada, pero Rachel tranquilízaa.

"Non te preocupes, de cando en vez te visitarei para divertirme; teño o ollo posto nun rapaz cubano, un carcereiro que non está nada mal, todo natural ..."

Agora Sonia está ao mando.

O membro 231 preséntase ao seu despacho segundo se lle ordenou.

El felicítana, explica como a súa inserción foi máis que satisfactoria.

Falando da situación na illa, resulta que George se retira, pero está loitando por atopar un substituto digno.

A mente de Sonia afonda nos seus recordos e alguén vén inmediatamente á mente ...

"Membro 231 ... aquí gustaríame suxerir o nome dunha persoa ..."

Robert, tras unha profunda decepción con Mónica, cae nun estado de profunda depresión.

A desgraza do lago é coñecida por practicamente todos. O da fervenza un pouco menos.

As empresas que contactaron contigo deixan de buscarte. Os pais presiónano ignorando os seus sentimentos.

Sentimentos por Mónica que pouco a pouco deixan paso ao odio.

Robert cultiva un profundo odio por quen o rexeitou.

Ademais, esa patada na área xenital, que antes non era moi vigorosa e algo "inútil", fíxolle case incapaz de manter relacións sexuais. Polo tanto, ao non poder manter relacións sexuais normais por razóns de inseguridade, centra a súa sexualidade no sadismo.

Internet favorécelle moito nisto. En calquera caso, adoita pagar ás prostitutas que se deixan atar para satisfacer os seus instintos. Ao dominar e vincular ás súas vítimas, consegue pracer.

O que lle pasou a Sonia vese agora con envexa e noxo.

Basicamente decátase de que o único xeito de que EL teña unha muller é facelo en contra da súa vontade. E como non está moi dotado fisicamente ... o único xeito, xa sabes o que é, o círculo estreitase.

Aínda é un xenio non falado, pero con algunhas queixas dalgúns prostitutas que non son moi complacentes no que se refire ás fantasías do BDSM, fan que o seu currículo non sexa o mellor.

E ten que atopar traballo.

Vai á enésima entrevista case con resignación.

A señora de cincuenta anos dálle a benvida ao seu estudo.

"Robert, aquí estás por fin. Necesitamos mellorar a nosa división de contratación e, aínda que é certo que estabamos a piques de perder un elemento coma ti ... non foi grazas a ... TI".

Sonia revélase.

Cambiou.

Ademais de crecer, tamén parece máis relaxada e feliz que a Sonia que coñecera.

Danse a man.

"Robert, creches, pero non cambias moito ..."

Sonia cóntalle á súa amiga todas as súas vicisitudes, desde os episodios con Mónica, ata o recrutamento, o grupo, o seu traballo, ata como consegue sentir pracer e satisfacción agora.

Robert é incrédulo, pero decide aceptalo.

El será o responsable da informática, sensores e electrónica do centro.

O día do asentamento, o seu asombro ao ver a illa é grande, Sonia sorrí pensando en cando probara as mesmas cousas.

A Robert explícaselle todas as alarmas, control, videovixilancia, probas de maquinaria.

Os seus coñecementos en informática, xunto cos seus coñecementos de mecánica, estimulan nel varias ideas, que pronto poñerá en práctica.

George é un profesor paciente e metódico.

Despois dunha introdución xeral, Robert visita a área de "adestramento", en particular a piscina.

A piscina é visiblemente máis longa que unha piscina olímpica normal, máis profunda e cun bordo de tres metros de alto, o que imposibilita a fuxida de cobaias.

Robert observa o procedemento fascinado: os conejillos de indias en traxe de baño achéganse á piscina, coas mans atadas ás costas e os nocellos conectados cunha cadea de catro polgadas de longo (para dar unha mínima posibilidade de movemento). Os electrodos colócanse no peito (para as mulleres baixo un traxe de baño dunha peza) e atan ao redor do peito. Un monitor rastrexa o pulso. Cólganse boca abaixo cun torno, as mans e logo soltanse os pés, provocando a entrada á auga. Hoxe son sometidos a unha proba de resistencia de longa distancia.

"Pero como podemos estar seguros de que o fan o mellor posible?"

"Ah, xa ves, intervén Robert - Sonia, que está actualmente nos monitores - é sinxela: esta última é sometida a unha proba de resistencia á dor dolorosa (pero basicamente inofensiva); a primeira queda" en repouso " por uns días ... por suposto non queremos que sufran as mesmas persoas, polo que adoitamos darlles aos máis débiles unha vantaxe cronométrica en función das últimas probas ... digamos que é moito ao noso criterio; o importante é que estas bestas estúpidas non se decatan e sempre empuxan ao máximo "

Robert sorpréndese pola confianza que Sonia comparou hai uns anos; agora encárgase da división xenética; pero certamente parece que mantivo esa frialdade que sempre a caracterizou.

Os homes comezan a proba de que comezan por separado, de xeito que os datos cronométricos pódense "arranxar" sen dificultade.

Agora é a quenda das mulleres.

Robert decátase inmediatamente das preferencias dos seus colegas; Entre as mulleres, Sonia é a única con predilección polos cobayos e parece non avergoñarse diso. Entre os homes, só un tal Paul, un home torpe, parece que se divirte igual cos dous sexos. Escoitao dirixíndose a Sonia dicindo: "Esta noite non me importaría levar ao cubano e á bailarina ao meu cuarto e azotalos xuntos; ah, para a proba gustaríame ter ao cubano, intentou rebelarse cando lle toquei ... ¿entendes? "

Sonia asente desinteresadamente.

Robert é sorprendido por un nadador: pelo castaño, ollos marróns de gato, impoñente pero delgado físico.

"Quen é, George?"

"Ah, Gabriela! É unha completa atleta italiana (natación, carreira, lanzamento de peso) que chegou hai dúas semanas. Imos facer varias probas físicas, para ver onde o fai mellor, aínda que pola súa beleza tamén podería incluírse entre o "entretemento", quen sabe "

Robert observa como os humanos modificados o colocan para levalo á auga co mecanismo. Ao colgar, deixa entrever un movemento instintivo para levantarse e contraer os seus magníficos abdominais. Unha vez na auga, á saída, parte cunha velocidade e potencia impresionantes; a súa musculatura case coincide coa de Mónica, aínda que segue un paso por baixo.

"George ... creo ... teño unha solicitude ..."

"Ah, xa o sabía! Chamou a atención de inmediato, non? Ben, aínda non se conta entre o" entretemento ", pero como es novo faremos unha excepción, pedireille a Sonia que a deixa gañar, que a manteña descansada mañá pola noite e faga a solicitude especial ao membro 231.
"

O día pasa sen problemas.

A primeira cea na illa tamén é positiva para Robert, axudado moito por Sonia, que o fai sentir moi cómodo.

Á hora de escoller as "vítimas" para a noite, Robert xa ten unha petición particular.

"Ben, George, membro 231, todos estes conejillos de Indias son moi fermosos e sen dúbida agradecerei. Pero gustaríame pasar a primeira noite con Gabriela, a atleta italiana, pero como só estará dispoñible para mañá, hoxe gustaríame visitar "A cada un de vós, así, só para comprender os vosos gustos e como funciona o" entretemento ", sempre se isto se permite ... e contigo tamén, membro 231, estaría interesado en ver o que che gusta"

Os compañeiros aceptan encantados.

O primeiro que ve é o seu titor, George.

Unha loura nova e tetona (unha prostituta alemá) está atada á súa cama semidesnuda, George trae un carro con xeo, comida de varios tipos, viño preto da cama. Obviamente gústalle manter relacións tradicionais, con algunhas variacións relacionadas coa comida e, obviamente, as precaucións necesarias que requiren a inmobilización de cobaias.

A súa amiga Sonia ten un velocista negro no seu cuarto. Está espida, amarrada nun X verticalmente e lixeiramente levantada do chan. Sonia está a aplicar electrodos por todo o corpo.

"¿Recorda algo, Sonia?"

Silencio entre os dous.

Sonia deixa entrever un sorriso. Ámbolos dous están unidos por un desexo tolo dunha determinada persoa. A nostalxia de Mónica fainos case melancólicos.

Robert decide deixala alí e marchar a outro lado, para disipar a memoria do vello amigo da escola.

Samantha e Julia, dúas mulleres de corenta anos, non fermosas, pero certamente preocupadas, encargadas de alimentar e vixiar a saúde dos cobayos, están na mesma habitación cun musculoso, espido, firmemente ligado a algún tipo de táboa xinecolóxica. Un retractor mantén a boca aberta. Correas grosas nos bonecos, bíceps, pescozo, abdome, coxas e nocellos inmobilízanse de forma segura na cama coas pernas estendidas.

Mentres Samantha apalpa ao home que lentamente acende, Julia explícalle a Robert:

"Divertímonos así, espertámolo de todos os xeitos posibles, provocámolo, xogamos con el, para mantelo ao bordo do orgasmo. Cando está a piques de desesperarse ... ben, depende do bo que estea a pedir"

Dito isto, únese ao seu colega e comeza a traballar pacientemente no corpo da vítima. Julia parece ter máis experiencia, xa que o home sufriu unha erección notable co seu toque.

Samantha parece un pouco resentida e boféao.

"Entón a prefires? Maldito can!"

E morde o oído violentamente, mentres Julia continúa o seu traballo sensualmente.

Robert vai ao sádico Paul.

Unha muller e un home, ambos negros, están atados un fronte ao outro, na roupa interior. Sinais evidentes de azotadura no corpo de ambos, máis na muller.

Robert di hola, non ten especial simpatía polo home.

O membro 231.

Robert chama á porta.

"Adiante"

Un home e unha muller semidesnudos están amordazados e inmobilizados nun estraño aparello, con cepillos xiratorios, bolígrafos, palitos de dentes.

"Máquina de cóxegas, Robert. Seleccionei os elementos máis sensibles, non os máis atractivos, como podes ver. Mira."

A muller preme un botón. Os pinceis e as plumas comezan a bailar nas partes máis sensibles das dúas pobres; axilas, cadeiras, pés, pescozo son as zonas máis estresadas.

A muller, sobre todo, retórcese como unha furia, berra convulsivamente.

Robert está fascinado por todo isto.

Non obstante, retírase ao seu cuarto. A súa preferencia por Gabriela ao día seguinte é en realidade unha escusa para retirarse á súa habitación e acender o seu vello PC: a nostalxia o captura, as fotos da súa amada Mónica, agora unha atleta nova e prometedora, son minuciosamente e obsesivamente preservadas por el. ; dende as poses fotográficas máis banais ás imaxes fixas capturadas durante as súas actuacións.

Non pode esquecela.

Estás a piques de atopar outro vídeo ou artigo cando escoites un golpe na túa porta.

"Sonia, entra, entra"

"Ola Robert, como estás?"

"Ben, mira, nunca che agradecerei o suficiente por facerme chegar ata aquí. Nunca poderei devolvelo".

"Ben, debes saber que é un pracer para min ter aquí unha persoa que coñezo dende o instituto".

Falan coma dous vellos amigos, falan disto e disto, Sonia fala do seu traballo sádico coma nada.

Nun momento dado Sonia presiona:

"Segues pensando ... nela. ¿Non?"

En resposta, Robert mostra a Sonia as fotos no seu PC. Sonia queda abraiada ao ver o número de fotos da vítima dos seus soños, divididas en carpetas e subcarpetas: vídeos, entrevistas, artigos, fotos, actuacións deportivas.

Só pensar no que lle podería facer na illa faina voar coa súa imaxinación como nunca antes. Unha foto na que Mónica está a loitar co salto con pértiga capta a súa atención: a atleta acaba de abandonar a pértega, a cara concentrada no esforzo, os músculos delgados tensos e sinuosos ao mesmo tempo, a frenética parte superior elévase. Descubre o abdome e todos os músculos abdominais esculpidos.

Sonia voa e soña con Mónica na illa como un conejillo de indias, pero un pensamento apodérase dela:

"Robert ... ti ... quérela? ¿Quero dicir dun xeito tradicional, nunca a farías mal, quererías que fose por ti mesmo, se fose unha cobaia aquí gustaríache liberala para amosarlle o teu amor ... verdade? "

"Sonia ... non sabes canto cambiei. Medrando e chocando coa realidade, co teu aspecto físico, entendes que nunca podes ter unha criatura así, como se podería namorar de min? Mira, o meu desexo por ela non o ten cambiou, de feito, máis forte que antes, pero hai unha diferenza.

Pode que non saiba que a patada que me deu ese día me causou bastantes problemas sexuais; Non son nada impotente, pero loito por ter ... aquí xa sabes que; en cambio, a idea de ter unha muller no meu poder emocióname moito. Mónica entón ... non falemos diso.

Quero humillala, como ela me fixo. Quero que sufra. Quero que se arrepinta de haberme humillado. Quero arrincala do mundo que coñece e que a teña aquí para torturala lentamente, sen danala demasiado. Quero que se faga escrava, un obxecto nas miñas mans. Pero debe sufrir, rebelde, quero escoitala berrar de rabia "

Os ollos de Robert ilumínanse e atópanse con Sonia.

A maxia da situación, o encontro entre os dous, os sentimentos revelados rompen as barreiras entre ambos. Case extasiados, os dous abrázanse, entón, collidos das mans e mirando a foto de Mónica, comezan a acariñarse.

Agora son cómplices.

Non se atraen uns aos outros. Pero o seu desexo vai na mesma dirección.

"Robert, se soubese cantas veces falei co membro 231 ... o certo é que é famosa, sabes? Demasiados ollos nela. Demasiada xente no seu rastro. Sería un milagre, non sei, que a arrestasen, ou ... bah. A cuestión é que non me quero enganar. E de todos xeitos temos algo que nos console aquí, ¿non cres? "

Robert asente, non moi convencido.

Pasatempo agradable

Robert está no seu cuarto, vendo as noticias na televisión.

Canto tempo leva? Deberían estar uns minutos aquí - pensa.

Chaman á porta.

"Ah, por fin"

Os humanos modificados entran na habitación cun carro.

Gabriela está tradicionalmente amarrada a X, cos ollos vendados e cun retractor na boca.

Como ordenou Robert, está vestida cunha calcinha branca e camiseta sin mangas.

Quedan sós.

Mentres o conejillo de indias comeza a tirar das correas, preguntándose por que a espera interminable, Robert, con sádica paciencia, dá a volta e mire atentamente ás súas presas.

É a primeira vez que atopas os teus soños cumpridos.

O cobaia é un exemplar magnífico. Agora que está atada, cada centímetro do seu fabuloso corpo pódese observar de preto.

Cun dedo e suavemente, Robert comeza a burlala e beliscala aquí e acolá; dá gusto vela tremendo, os músculos fanse máis destacados; Podes probar a súa consistencia beliscando e picando na zona pectoral e bíceps.

Butt é un himno á perfección, sinuoso e tonificado.

Robert xoga co elástico das bragas probando a firmeza das nádegas.

Xa atara algunhas prostitutas, pero todas elas consentiron de todos os xeitos; e en calquera caso deixáronse empatar de xeito moi falso.

Agora todo era diferente.

Ademais, aínda non vira tal corpo; Por suposto, o corpo de Mónica era inalcanzable, pero este "substituto" foi sen embargo notable. Ademais, nunca tivo tempo de examinar de preto o corpo de Mónica, agás nos breves momentos nos que ela o golpearía.

Agora Gabriela estaba alí, atada e a mercé. Quixen gozar dese momento.

Clack ... clack ... Robert decidira poñerlle máis tensión, para reducir a súa liberdade de movemento; Os brazos e as pernas ben estiradas, aínda que non ata o límite.

Rass ... con tesoiras corta as correas da camiseta, na parte superior.

Un cofre magnífico, coas costelas expostas (dada a posición), pero cos peitos agradables e firmes.

O retractor está suxeito a unha barra na parte superior para suxeitalo cara arriba.

Tanta forza e poder nas súas mans.

Cun palillo pincha as coxas, o abdome e as axilas.

Os seus reflexos involuntarios son o que máis o satisfai.

Co paso do tempo, descubriu que lle encantaba cada vez menos o sexo tradicional. Os vanos intentos de rebelión da vítima emocionárono violentamente.

Fóra coas bragas.

Robert móvese pacientemente á súa área xenital e comeza, con pinzas, a tirar molestamente do pelo ... tac; aquí hai un pelo púbico que desaparece, o que resulta no xemido da vítima.

Gústalle alternar explosións rápidas e decisivas con outras prolongadas e dolorosas para a vítima, que comeza a suar.

A suor fai que o corpo de Gabriela brille dun xeito visualmente agradable.

Robert o cheira e lambe por todas partes e despois volve á dolorosa depilación.

Esta noite, Robert entende que todos os seus sufrimentos pasados estarán parcialmente xustificados polas satisfaccións que obterá dese momento. Gabriela é a primeira vítima da humillación e da dor física que pode causar o sádico e paciente Robert.

Usando á desgraciada como cobaia, Robert experimenta con electroestimulación nela, chegando a límites aos que nunca tería pensado alcanzar nun humano.

Séntese como un Deus, tendo o control total sobre a fermosa atleta.

O pracer obtido despois de dúas horas de tortura alternadas con pequenos xogos é moi satisfactorio para Robert, que adormece durante varias horas.

Ao espertar, ves á túa cobaia esgotada da posición na que estivo atada toda a noite, pero aínda así responde ao teu toque.

Solta a cadea fixada ao retractor para que poida ver a túa cara. Bícaa con entusiasmo, cun movemento de repulsa da vítima, e logo boféaa enfadada, desatando toda a súa frustración pola súa decepción con Mónica.

Se estivese aquí no lugar da pobre Gabriela ... un chisco de nostalxia apodérase do rapaz.

Nos meses seguintes, Robert traballou duro para que todos os sistemas de vixilancia e todos os dispositivos eléctricos e mecánicos empregados tanto para os experimentos como para as "sesións" fosen eficientes. Grazas á súa imaxinación e ao seu xenio, é capaz de desenvolver un sistema moito máis seguro e eficiente que o seu antigo antecesor.

A harmonía con Sonia e a paixón común, reforzada polos seus gustos moi similares, permítelles acadar excelentes resultados na investigación, moito máis alá das previsións do membro 231.

A miúdo encóntranse despois de cear para xogar con cobaias, torturalos, violalos e incluso humillalos.

Outras noites, con todo, vense admirando con nostalxia as fotos da súa amada Mónica G.

Unha tortura que son incapaces de realizar, a pesar das innumerables diversións que ofrece a situación.

Achégase o Nadal de 2018, cando o membro 231, a véspera de Nadal, os chama a unha reunión.

"Sentádevos queridos. Non tes nin idea de ata onde chegamos, grazas sobre todo a ti, nos últimos meses. Especialmente sobre os novos prototipos de humanos modificados e a capacidade de controlalos telepáticamente a través doutros humanos modificados. Foi algo que ninguén o tería pensado. Nin sequera tentei imaxinar. Sen mencionar as estruturas modernizadas grazas ao xenio do noso Robert "

Robert e Sonia míranse, un pouco colorados, pero conscientes de que os eloxios son merecidos.

"Non obstante, hai algo que os pon un pouco tristes, todo o mundo o sabe, aínda que nunca falen diso"

Os dous non saben como responder á muller.

"Ben, normalmente non traballo persoalmente por este tipo de cousas, pero fixen unha excepción porque se uniron e déronlle moito ao grupo".

Parecen un pouco sorprendidos, preguntándose o significado das palabras da muller.

"Ben ... para ser sincero non sei se puiden facelo, se os acontecementos non me axudaran ... entre outras cousas, é curioso que mañá sexa Nadal; ben, non podo esperar a que mañá che sorprenda cun agasallo ... "

Sonia interrompe ...

"E ese corte, membro 231?"

Nadal 2018: o Nadal máis fermoso

Monica G., alias Fantastic Girl, esperta tirada no chan dunha estraña cela case futurista; Parécelle que está nunha película de ciencia ficción, as paredes brancas, a luz tenue, un vaso polo que non se ve nada.

Érguese un pouco abraiada. No momento en que se decata de que ten o seu disfraz gris pero xa non a máscara, lémbrase de todo: a noite, a loita, a súa vitoria, o dardo ... e logo a policía, os descoñecidos que entran. , logo nada.

Onde está? Está atrapada nunha cela, pero onde?

Non sabendo que facer, comeza a dar patadas e empurrar contra o cristal, pero sen outro efecto que ferir o ombreiro; e diga que, grazas á súa forza, rompeu varias portas deste xeito, e non dun xeito sutil.

Unha luz do outro lado do vaso.

Unha ducia de homes de mono azul entran na habitación do outro lado do cristal, o mesmo tipo de uniforme que viches antes. Todos están armados, dous levan un coche con algúns estraños aparellos, Mónica só pode recoñecer unhas estrañas correas que ao parecer serven para inmobilizar.

Finalmente, unha muller ... espera, recoñécea, é a mesma da comisaría da época de Sonia e a mesma que lle fixo a fatídica pregunta "¿Es unha Fantastic Girl?"

"Que pasa aquí? Onde está a policía? Quen es ti, que queres de min? Non matei a ninguén, nin sequera roubado, isto é ilegal ..."

"Pero cantas palabras, miña querida Mónica ou Fantastic Girl o que queres. Escoita, contareiche todo máis tarde e con moita calma ... eh, eh, non me crerás, pero temos moito tempo dispoñible ..."

"Tempo? Non teño tempo para ninguén, agora quero facer unha chamada telefónica, teño dereito ..."

"Ssshhhh, xa ves, querida ximnasta heroína, o primeiro que hai que entender é que a partir de agora xa non terás dereitos, guste ou non. Agora comeza a quitar ese estúpido disfraz ..."

"Escoitame ben, puto puto, non sei quen es, pero son moi coñecido, vanme buscar, non recibo pedidos de ninguén ..."

"Eeeehhh, eu xa sabía que isto acabaría así, señores, activade o" quecemento "..."

Un home cun traxe azul xira un interruptor.

As luces apáganse, Mónica xa non pode ver nada fóra do cristal, mentres que o cativo é ben visible desde fóra.

En poucos segundos, o aire faise máis pesado, cálido e irrespirable.

Mónica comeza a preguntarse como podería pasar isto, onde carallo está. A calor faise insoportable, a humidade é moi alta.

Monica está moi preparada fisicamente, pero aos poucos minutos comeza a ter problemas respiratorios. Pero non quere satisfacer á muller.

De súpeto, a célula divídese en dúas partes por barras metálicas.

A zona na que estás segue sendo a mesma; na outra zona, Monica ve como unha especie de boquilla saír do teito. Nun momento determinado, a boquilla comeza a saír auga.

Mónica comeza a entender.

Tenta con todas as súas forzas dobrar as barras para pasar dalgún xeito, pero ademais de estar atordada polo estupefaciente, tamén está esgotada pola súbita calor.

"Xa ves, meu querido amigo ximnástico, xa deberías terte dado conta de que se queres chegar ao outro lado, tes que quitarche ese estúpido traxe, verás que os bares aínda estarán alí ata que o quites.

Ah, e xa sabes que podemos dispararche un tranquilizador lanza-se en calquera momento e fai o que queiramos, se demostras estúpidamente estúpido. Vaia, agora a temperatura está por encima dos corenta graos, a auga está bastante fría, non queres refrescarte? "

Os instintos de supervivencia de Mónica prevalecen sobre o orgullo.

Non sen algunhas dificultades, dada a humidade, o cansazo e a suor, consegue espirse completamente e botar ao chan o seu "estúpido disfrace".

Non pasa nada.

"Ei, quedei espido, que máis queres que faga? Maldita sexa!" Mónica berra cun chisco de frustración na voz.

Despois dunha sádica espera, a muller responde.

"Pon o estúpido disfraz neste espazo"

Un recipiente sae debaixo do cristal. Mónica viste o traxe.

O membro 231 cheira a suor ao conejillo de indias disfrazado.

En resposta, un home abre un interruptor, as barras están levantadas, Monica bótase á ducha e deixa que a auga escorregue por todo o corpo, ignorando os ollos curiosos dos seus raptores.

As luces volven acenderse.

A muller aplaude.

"Ben feito, ves que non es tan estúpido como pode suxerir a túa aparencia?"

A muller comeza a ver ás súas presas cunha luz diferente; pensa para si mesma.

"Maldito, que físico. Agora entendo a obsesión de Robert e Sonia por esa muller. Non creo que vin nunca un porco de Indias tan ben feito entre todos os atletas cos que experimentei en máis de vinte anos, aínda que me gusten os homes. "Unha muller así pode converter a calquera en lesbiana. Case case ... Podería facela inmobilizar de inmediato, pero a ver como vén a loita; hai anos que non o fago, pero fará que creas que podes escapar ..." aínda que os humanos modificados quéixanse se un dos seus compañeiros está ferido "

"Agora a miña fermosa Mónica, os meus homes entrarán e inmobilizaránvos, mentres tanto teño outras cousas que facer, por favor, comportádevos se non queredes ser ... castigados; señores, todo é voso, DEIXO AS CLAVES DO EDIFICIO NAS MANS DO CAPITÁN Tráea á oficina bastante atada en quince minutos ".

O membro 231 deixa entrar aos outros dez humanos modificados, armados só con porras, cadeas e esposas, un con traxe vermello, diferente aos demais.

Mónica está espida, mollada e esgotada pola calor, pero o seu costume de loita ensinoulle a avaliar cada situación.

Conta dez, dos que o vermello debe ser necesariamente o capitán. Non parecen levar armas que non sexan porras. E polo que ela entende, queren que estea viva. Esa é unha enorme vantaxe para alguén coma ela. Ante a absurda situación, decide facer polo menos un intento desesperado.

Dous deles veñen detrás dela con esposas e gravatas, dous máis diante dela; os outros agardan con porras dispostas a intervir.

Cando lle toman os brazos por detrás, ela suxeita con forza e bótaos contra os dous de diante, tirándoos ao chan; os dous agarrados por ela neutralízanse golpeando violentamente as dúas cabezas.

Agora achéganse cinco homes armados con porras de todos os lados ao mesmo tempo. Cun salto poderoso, rápido e instintivo, lanza un, desármao e gáñase un club. Os outros saltan sobre ela e dous conseguen golpeala violentamente nos xeonllos, facendo que caia. Os outros dous aproveitan e golpéana de novo no abdome, pero ela, case coma se non notara os golpes, rodéaos cunha voltereta.

O membro 231 observa a escena desde unha cámara oculta. Enviou dez humanos modificados adestrados en combate armados con porras. Loitou contra eles con impresionante facilidade. Os seus saltos e patadas foron incribles. Tres deles quedaron. Mónica deixara caer a batuta, os brazos aínda máis mortais. Coas pernas de mármore apertou unha vítima ata que se desmayou, mentres que coas dúas mans suxeitaba o resto ao chan. Diríxese ao único sobrevivente, o "capitán".

Polo que puido ver, probablemente menos da metade aínda estaban vivos. Unha arma mortal, un loitador feroz.

O pobre home dálle as chaves tremendo, despois pégalle co puño coma se fose de papel.

"Excepcional. Toma outros vinte en ..."

O membro 231 abandona o monitor para baixar.

O grupo de humanos modificados, ademais de ter vinte anos, ten unha rede que facilita o seu traballo.

Despois de capturala coa rede coma un animal, conseguen esposala nas costas e nos nocellos e poñerlle unha especie de colar.

Quítano da rede.

"Buscar"

Mónica está diante do membro 231, aproximadamente oito centímetros máis que ela.

De preto pode apreciar o seu corpo, aínda jadeando pola feroz loita que aínda está a suceder.

Un humano modificado mantena atada, outros dous suxeitan os brazos, xa esposados, con dúas cadeas nos nocellos, tamén atados.

Espido e mollado.

O que impresiona é a feminidade irreprimible, a beleza combinada coa forza, un exemplar máis único que raro.

Eses seos latexantes eran tan atractivos.

"Xa sabes cariño, definitivamente son recto, estou tolo polos homes. Pero ti ... aquí tes algo único, abs esculpidos ... que brazos e ombros ... e as túas pernas, que perfección ... estás sudado. .. quente "

A atleta de pelo escuro data de cando foi atada e torturada por Sonia.

Agora atopábase nunha situación moito peor e non só porque non vía saída.

Atado Espido A muller desa mirada.

O seu corazón comeza a latexar con forza no peito cando a muller comeza a acariñarlle os seos, o abdome e as nádegas.

Nun último esforzo desesperado consegue atopar a forza para chutar cos dous pés atados á cara da muller, agora no chan cun labio sangrante.

"Maldita sexa a miña estupidez ... nunca te achegues a un conejillo de indias en persoa. Ponlle na cama, usa correas dobres!"

Os humanos modificados, a pesar da superioridade numérica, as esposas, os lazos e as cadeas xa unidas a Mónica, loitan moito antes de que a aten completamente ao berce, venden a vista e amordacenada cun retractor.

"Agora é seguro, señora"

"Bo. Manténase lonxe"

Achégase á cama coa muller atada coma un salame.

O número de correas limita algo a porcentaxe de pel espida que se pode admirar, pero é unha vista fermosa, en calquera caso, e nese momento o mellor é estar seguro.

"Xa ves, cadela, ninguén me deu unha patada. Agora, son unha muller xusta e non che farei nada, porque teño que deixalo intacto para ... dúas persoas que coñeces ben, es un premio para elas, ¿sabes?" E estou retendo Chegará o momento, friamente, en que che farei pagar. Como xa che dixen, o tempo non falta en absoluto "

Dito isto, tómalle o pezón dereito e apértao con forza.

Mónica retórcese máis con humillación que dor.

"Gústame o son dun corpo espido sobre as correas. Lévao á oficina. Atalo ao carro da" sobremesa ", arranxareino eu mesmo".

Mónica non ve nada por mor dos ollos vendados, só sente que a levan a outro lado.

Péchase unha porta. As mans expertas de varias persoas aplícanse rápidamente novas correas antes de eliminar as antigas. Con experiencia e paciencia maníaca, está inmobilizada para estar de pé.

Auga fría por todo o corpo.

Xabón.

As mans de varias persoas, pero apresuradas, non senten ganas. Parécelle un obxecto.

Enxágano.

Co mesmo procedemento agora inmobilízaa nun coche, sempre suxeito.

Esténdese ata comprobar que non hai posibilidade de movemento.

Por se isto fose pouco, aplican correas por riba e por baixo dos xeonllos, nas coxas tanto no medio como preto da ingle, na cintura, no abdome, por riba e por baixo dos seos, no pescozo, por riba e debaixo dos cóbados. Na boca outro retractor cunha varilla ascendente, a única abertura pola que pode respirar, xa que o nariz está pechado con grapas. Nos ollos un bordo que, ademais de non mostrar nada, non lle permite mover a cabeza un centímetro.

É inexorablemente inmóbil.

Se quixeran matala, terían. Que pasará con ela? De que dúas persoas falaba?

Os seus pensamentos están interrompidos pola sensación de que se pulveriza unha especie de escuma sobre o seu corpo.

Podes un interruptor e sentes que baixa a temperatura.

Quedamos con Robert e Sonia na oficina.

"E ese corte, membro 231?"

A señora sorrí e revela un corte no beizo.

"Non les os xornais, non? Mellor así, todo será máis bonito. Ah, o corte que teño? Ben, non te preocupes, nada serio, quen o fixo terá tempo de arrepentirse, dado o que aquí espera. Agora estou de acordo en ser os meus hóspedes para cear esta noite. Por certo, tomeime a liberdade de inhibir os sistemas telemáticos das túas habitacións, polo que non poderás seguir as novas ... pero só para esta noite. "

"Aceptamos de bo grado, membro 231. Vémonos esta noite"

O membro 231 xeralmente come só ou con todos os demais, poucas veces cea con outras persoas.

Robert e Sonia van á habitación do seu xefe.

"Benvido, ven cedo. Compréndoche, sabes? Ten asento".

Tres cadeiras, nada polo medio.

"Pero que...?"

"Camareiros, por favor"

Dous humanos modificados entran cun carro.

Robert recoñece o carro: as vítimas están completamente inmobilizadas e os seus corpos están inundados de comida para alegrar as ceas dun xeito inusual. Esta vez o corpo quedou completamente cuberto. Unha neveira mantivo a temperatura baixa para gardar a nata. Unha obra mestra, esta vez estiveron ocupados. Crema e merengue por todo o corpo. Os peitos grandes estaban cubertos de crema con cereixas nos pezóns. A cara cuberta cun melón oco e un xamón ao redor. Na parte superior un tubo respiratorio. Un coco no medio na zona da virilha, estratéxico. E logo crema. Crema e merengue.

A baixa temperatura fixo estremecer ao cobaia, pero o movemento foi case imposible debido ás innumerables correas que o contiñan.

Estaba completamente cuberta, pero xa podían adiviñar que o físico da muller era espectacular: alto, afiado, pero cunha masa muscular considerable, un peito tonificado e cheo; e aínda non viron o mellor.

O camareiro trae chocolate derretido.

"Sirvete"

Sonia bótalle chocolate quente no abdome. A vítima suspira, seguida dun "nnnggghhhhh!" asfixiado.

Os comensais comezan a saborear a delicadeza do abdome.

"Está ben este arranxo, deberiamos facelo un pouco máis a miúdo"

Bromea Robert, mergullando o seu garfo de prata no merengue.

Despois dun par de minutos, o abdome está bastante espido. Os comensais poden apreciar os abdominales musculosos e esculpidos, pero aínda así son sinuosos e suaves. O cobaia é de pel escura, pero occidental.

A Robert gústalle burlala coa punta do garfo, provocando pequenas contraccións imperceptibles dos abdominais.

O membro 231 desactiva o refrixerante.

"É hora de probalo, non cres?"

Sonia verte chocolate quente sobre o seu abdome agora descuberto. O conejillo de indias lanza un berro e esvara máis. A pesar das correas, os seus tiróns fan caer a guinda no pezón dereito, no lado de Sonia.

"Pero mira, parece que o noso pequeno amigo se rebela. Mira, Robert, estragou a decoración".

Intervén Robert.

"Ben, mentres tanto, imos gravar as cintas"

Mónica, a través da manta da comida, consegue escoitar as voces. Esas voces coñecidas ... non ... non pode ser. Debe ser un pesadelo ...

"Onde está o botón, Sonia? Ah, aí está, que estúpido"

Escoitar ese nome é coma un golpe no corazón para Mónica que, asustada, comeza a retorcerse con todas as forzas das que é capaz.

A outra xeada cae, parte do merengue arredor dos brazos cede, as correas parecen soltarse.

Robert preme un botón.

As correas apértanse ata que o conejillo de indias se calma de novo, que agora respira máis pronunciado.

Os esforzos e a suor derretiron parte da decoración, agora pódense ver os ombreiros, axilas, bíceps, coxas, ademais do abdome xa exposto.

Agora os dous poden ver máis detalles do corpo da vítima, apreciar a definición muscular e a firmeza da carne. Non recordan ter visto nunca a un conejillo de indias así.

"Esa crema parece apetecible"

Iso presiona a Sonia e inmediatamente comeza a lamberse os peitos con avidez, seguida de Robert.

Máis que comer a excelente crema, o seu propósito é descubrir peitos fantásticos, abundantes, firmes e redondos, perfectamente ligados aos pectorais, que culminan con pezóns grandes, escuros e carnosos.

Despois de soltar as correas por riba e por baixo dos seos, observan como as contraccións dos pectorais fan que os seos se movan dun xeito vital e rebelde.

A suor comeza a formarse nas axilas.

Os dous pasan ansiosos os dedos e a lingua.

"Quero vela retorcerse ... Teño unha idea"

Robert pon a man no snorkel e péchao.

Despois dun minuto, o conejillo de indias comeza a moverse coma unha furia. Mentres tanto, Sonia morde o pezón dun xeito desagradable facendo que o cobaia salte.

Robert abre o respirador.

O peito comeza a levantarse e caer frenéticamente, Robert aproveita para lamelo con avidez.

Repita o xogo tres ou catro veces observando que a crema xa está case completamente disolta.

O membro 231 obsérvaos con pracer; pregúntase se xa sospeitan algo. Neste punto tamén participa mordiscando a coxa interior do conejillo e vendo como se contraen os músculos. Nunca lle pasara que quería unha muller ... ata agora.

Despois de vinte minutos de crueis xogos, o corpo está completamente espido, agás as correas. E a cara cuberta.

Robert e Sonia paran un momento para admiralo.

A definición, a sinuosidade do todo é incrible. Pernas que parecen ter nádegas de mármore.

"Debo dicir que esta vez chegamos a un límite. Non creo que poida haber un corpo máis fermoso que este. De quen será ese rostro. Só unha persoa pode igualar iso, e xa sabes a quen me refiro, Robert ..."

Os dous míranse.

A sombra da dúbida cruza os seus rostros.

O membro 231 o consegue.

"Rapaces, creo que queredes gozar só deste momento, pero primeiro ... aquí, o xornal de onte. Suxiro que lea o título da segunda páxina ... entón podedes quitar ese estúpido melón".

Afástase e sae da habitación.

Ambos se dan conta de que quizais ...

Os seus corazóns latexaron mil.

Sonia le en voz alta:

"SENSATIONAL: Fantastic Girl resulta ser a promesa do atletismo mundial Monica G., considerada por todos case unha alieníxena polos seus agasallos deportivos, non menos importante pola súa beleza. Pero o día da captura consegue escapar dalgún xeito. Quizais coa axuda de cómplices. O feito é que neutralizou a dous gardas e fuxiu. Ninguén a atopa, non compareceu para adestrar. A policía xa emitiu a alerta fronteiriza. O certo é que, antes de ser unha heroína amada por todos, despois de matar dous axentes son culpables de asasinato ... "

Mónica escoita as palabras de Sonia e comeza a chorar desesperada. Agora todo está claro. Está espida, inmobilizada e a mercé de dous tolos psicópatas. Coa forza da desesperación, chorando, tira das correas de xeito antinatural, logrando romper as que o rodean no cóbado dereito.

Robert preme o botón de "emerxencia" e as correas adicionais saen inmediatamente do mecanismo, inmobilizando irremediablemente ao cobaia; agora podes ver as súas bágoas de desesperación baixo o melón.

Robert e Sonia achéganse ao conejillo de indias, limpando aos poucos os poucos alimentos que quedan no corpo con servilletas, permanecendo sádicamente en todas as áreas sensibles ao tacto, mentres se retorce desesperada.

Cando xa non ten forza para chorar, coidan o melón e o tubo, descubríndolle a cara e os ollos.

Mónica xa o conseguiu, pero velos na cara é coma unha puñalada. Como podería ocorrer iso? Nunca perdoará a súa peculiaridade de ser superheroe

Sonia e Robert obsérvanla extasiadamente. Un soño feito realidade.

Mónica, na súa presenza, indefensa, pero con todas as súas forzas. A túa forza física non che servirá de nada. Agora pertence a eles.

Como posuídos comezan a bicala na cara, nas orellas, acariñana con renovado desexo; mentres Robert coida a cara, os seos, Sonia planea, coa lingua nerviosa e os dedos, sobre o abdome, as coxas, as nádegas, os xenitais.

Mónica comeza a berrar de pánico e frustración, as correas axustadas no modo "emerxencia" impiden que se mova, leva varios minutos suando e non por esforzo físico.

"Déixame ir! Carallo, que queres de min? Ti verme, estudamos xuntos durante anos ... non ... non ... para ... non o intentes, xa sabes ... aaaaahhhhhhhh!"

Robert, deixándoa desfacerse, morde o seu pezón dereito molesto, tirando cara arriba, dolorosamente para o pobre conejillo de Indias, mentres coa man apreta a esquerda.

Sonia ocúpase da parte inferior, non sen un chisco de malicia, consciente do "baño" que Mónica a obrigara a facer. Morde, pincha, explora coa lingua.

Mónica, chorando, respira forte e tenta pensar nunha posible saída.

Ve o seu magnífico peito relucir de suor, sente o desexo dos seus atormentadores, a lingua e os dedos deslizándose sobre ela.

Comeza a marabillarse consigo mesma cando unha estraña sensación apodérase dela; os esforzos inútiles para liberarse están marcados por sons guturais, case animais. As correas en modo de emerxencia, aínda que son máis seguras, permiten un mínimo de liberdade de movemento, sendo máis elásticas; Deste xeito Mónica ten a oportunidade de forzalos, destacando os seus impoñentes músculos, con grandes agradecementos a Robert e Sonia. Sabe que non ten ningunha oportunidade, pero segue tirando, coma un animal, case ... case como que lle gusten eses dous que a vexan nese estado. Non, non é posible.

Despois de innumerables sacudidas acompañadas de gruñidos, Sonia nota un signo inconfundible da excitación do cobaia.

"Ola Robert, ven ver esta cadela pequena ..."

Robert mete un dedo na área ofensiva.

"Pero mira, a quen se lle ocorrería iso"

Sonríenlle á vítima inmobilizada, que tenta ocultar o vermelhidão nas súas meixelas.

Mónica, intentando desesperadamente desbotar o pensamento, comeza a berrar.

"Axuda ... Ei, alguén me pode escoitar? Vós dous tedes ideas moi estrañas, carallo, se algunha vez me solto non vos deixarei levantar de novo como o fixen as últimas veces"

O membro 231 irrompe na sala con dez humanos modificados.

"Rapaces, por favor ... temos moito tempo para iso. Agora deixemos que os humanos modificados a leven á súa cela e permítanme intercambiar unhas palabras con ela ... ao fin e ao cabo, es a miña convidada, puta sucia."

Pasa un dedo polo abdome para chegar ao pezón e apertala.

Mónica revólvese e mantén unha ollada orgullosa e desafiante á muller.

"Ti e eu necesitamos manter unha conversa sobre quen está ao mando aquí e a quen NON se debería permitir que me mirasen así".

Di que é grave pero controlado.

Os humanos modificados van co coche.

QUINTA PARTE
O CORPO DE MONICA - FANTASTIC GIRL

Presentación do novo conejo de Indias

Na illa hai moita emoción. Todo o mundo sabe que hai unha nova adquisición. É unha ocorrencia bastante común, pero esta vez parece que as cousas son diferentes. En parte porque todo o mundo sabe quen é Monica G., a súa destreza atlética, a forma na que foi pillada, como superheroe; Despois da noticia da captura, todos foron ver fotos da muller en Internet, tiradas de artigos deportivos ou de vídeos nos que participaba no salto con pértega. Por riba de todo, todos se preguntan por que non foi incluída entre os conejillos de Indias coma todos os demais. Isto provoca un lixeiro descontento na illa, polo que o membro 231 convoca a Robert e Sonia ao seu despacho.

Os dous seguen en estado de shock ao capturar o seu obxecto de desexo.

Sonia toma a palabra.

"Este ... membro 231, realmente non sabemos que dicir ... dicir grazas é pouco"

Bágoas de alegría nos seus ollos angustiados, case incrédulos ante a graza recibida.

Robert extasiado, incapaz de falar.

Agora poden vingarse de quen os humillou no pasado e, ao mesmo tempo, telo como e cando queiran.

As fantasías dos dous corren salvaxes, renovadas polo que sempre quixeron, posibles torturas, probas de forza, incluso manténdoa espida e atada na habitación para humillala.

O membro 231 detén os delirios dos dous.

"Rapaces, en primeiro lugar, non tes nada que me agradecer. Ter aquí un exemplar como Mónica era algo que levabamos moito tempo agardando. Unha oportunidade coma esta xurdiu coa súa" parvada "de converterse nun superheroe co que Fíxonos máis doado. A razón pola que non tes que me agradecer nada ... é que TODOS na illa poderán apreciar ... as túas calidades, ademais hai moitas probas: experimentos que requiren unha femia destas características "

Os dous nunca o consideraran dende este punto de vista e un toque de rabia: os celos os pillan desprevenidos.

Sonia, un pouco asustada, intervén.

"Pero ... ben ... con todo o respecto, pero usar unha femia ... eh ... cobaia con este potencial para certas probas parece un desperdicio ..."

"Ah, pero queres dicir o dano que podería levar ... sabes que? Xa acabaches practicamente a" máquina rexenerativa "; ben, considérao un aliciente para acelerar os teus preparativos; e, vamos, aínda o terás. Robert, inventas iso cara. Somos seis, máis dunha vez á semana podes "xogar" con ela, quizais incluso coa túa compañeira ".

Robert e Sonia séntense un pouco fríos polo seu abrumador entusiasmo inicial, pero danse conta da situación na que se atopan.

"Poñámolo así, tes dous días para completar a máquina, así que ... bueno, entón Mónica terá que pasar polas mans do noso Paul, amante do látego; e incluso polas miñas mans, xa que ela e eu temos asuntos pendentes".

Mónica pasa a noite na cela. Se non fose por fatiga física, non sería quen de durmir; demasiadas preguntas na súa cabeza sobre onde está, que lle espera no futuro. Cal é o propósito desta xente? Que lle farán? Sobrevivir a? Tanto a humillación como a dor física asústana. A nivel físico, nunca tivo problemas para soportar dor e fatiga. Pero, cal era esa sensación de abandono e alivio que pouco a enchera cando estaba espida e atada nas mans deses dous?

Un golpe no colchón espértao, leva un traxe lixeiro.

"Esperta querido, meu desconcertado conejillo de indias".

Mónica decátase de que non é o momento de rebelarse e non lle di nada que fale de respecto ao membro 231.

"De pé".

Ela obedece.

O membro 231 normalmente debería, neste momento, ordenar a entrada dos humanos modificados, inmobilizarlle as mans e os pés, despois levala ao ximnasio, facer exercicio e mantela en forma; Como o máis importante nestes días é avaliar o seu potencial e con que finalidade se podería empregar.

O procedemento normal prevé que, despois dunha mañá de traballo no ximnasio e na piscina, o cobaia sexa alimentado, déixese descansar un par de horas e logo se lle pida que realice un adestramento específico que poida correr, electroestimulación, natación ou melloras específicas. Despois unha última ducha, cea e, para os exemplares máis agradables, unha noite cun dos membros da illa para "alegrar" a súa estancia. Obviamente, todas as sesións de adestramento de cobaias están supervisadas por polo menos cinco humanos modificados; Os porcos de Guinea están sempre inmobilizados ou colocados en lugares onde non poden facer dano (como a piscina de punta, o camiño illado cercado e o ximnasio con barras).

O membro 231, con todo, en vez de pasar polo procedemento normal, déixase tentar, non ten paciencia para esperar a noite.

"Escoita, cadela, non quero que os meus soldados armados te fixen, feran ou posiblemente te castiguen; debes saber que podemos atordarte con armas atordadoras en calquera momento para conseguir a túa obediencia, dun xeito ou doutro; así que espero que sexas suficiente o suficientemente intelixente como para obedecerme "

Silencio.

"Ben, comeza a trotar no acto".

Mónica, un pouco sorprendida pola petición, a pesar de estar molesta polo orgullo de ser chamada "cadela", comeza a trotar.

O seu trote no chan da habitación é lixeiro e sen dificultade.

"Ben, levanta os xeonllos un pouco máis arriba"

Si.

Despois de cinco minutos de trotar lixeiros, Monica non sente o máis mínimo sinal de cansazo.

"Levántaos máis arriba"

Mónica parece unha primavera, non ten a máis mínima dificultade. É impresionante como combina potencia con graza e elasticidade.

As túas pernas son un co corpo en movemento.

Un todo perfecto.

"Pare, respire un pouco"

Mónica aproveita para recuperar o alento (aínda que non o necesitase).

O membro 231 non nota unha gota de suor na cara do cobaia.

"Flexións, Mónica; comeza flexións; pés xuntos e corpo recto; non pares ata que che diga"

Comeza.

Perfecto.

Unha instalación impresionante.

Despois doutros cinco minutos, non mostra sinais de diminución.

O membro 231 debe ir ao baño.

"O capitán comprobará que aínda estás facendo flexións; volverei de seguido; ah, por favor, non pares e non baixes o ritmo, se non ... ben, atoparemos algo doloroso que facer de inmediato, cadela".

Mentres a muller marcha, Monica continúa co exercicio. Agora arrepíntese de ter contestado mal á muller o día anterior. Pero sabe que actuou segundo os seus instintos e o seu orgullo segue intacto.

O membro 231 volve do baño e observa ao cobaia. O seu movemento é sempre regular e suave, pero a respiración comeza a ser difícil.

Despois de quince minutos, calculando unha flexión por segundo, terás feito case novecentas flexións.

Vira machos de cobaias de tres mil; en calquera caso, cando chegaron aos mil, o seu ritmo baixou drasticamente. Monica ... ben, só un suspiro.

"Con vostede quero que a vixilancia se duplique ... ou mellor, se triplique; capitán, que veñan outros dez; deben haber quince, dos cales cinco están armados. Carallo ... quero verte suar, estou impaciente. Ti, levántate. un pouco a temperatura "

Feito.

Mónica comeza a sentirse cansa, a suor fórmase tanto polo cansazo como pola calor da habitación.

Nalgún momento, inevitablemente, comeza a diminuír.

O membro 231 está satisfeito co resultado obtido.

"Ben, parabéns; levántate"

Mónica, respirando forte, levántase.

Para ela foi un espectáculo de adestramento, pero nada especialmente esixente; só o subiu a temperatura.

Este é o momento que esperabas.

"Quítate a roupa".

De mala gana, faino. Fóra coa parte superior do traxe.

"Completamente; quérote completamente espido"

Feito.

"As pernas separadas e as mans por riba da cabeza".

Esta visión nunca a viu antes. Non obstante, en todos estes anos vira moitos atletas, varios negros; a suor fai brillar as súas fermosas formas.

Desde dentro da cela, Monica fai o que se lle ordena para evitar represalias inmediatas, mantendo unha mirada orgullosa que non é testemuña do seu temperamento submiso.

A un sinal da muller, dez humanos modificados entran na cela, inmobilizándoa con correas dobres (segundo a orde da muller) a unha barra con ganchos que saíu do teito da cela, os outros cinco a unha distancia segura con armas atordadoras. apuntado.

Cando as bonecas están fixadas no teito, Monica aínda ten as pernas libres e sabe que podería esnaquizar polo menos a cinco ou seis delas; pero como tratar cos demais e especialmente cos homes armados? Por iso, tamén permite atar os nocellos ao chan. Agora está x-tie de pé.

"Sácao un pouco".

O capitán acciona a barra cun mando a distancia achegándoo ao teito. Cando os pés de Mónica están a catro centímetros do chan e os seus movementos están limitados a un certo balance, o mecanismo detense.

O membro 231 está abraiado.

Vaise achegando lentamente a Mónica encadeada e chufa.

A túa suor é agradable ao cheiro. Os peitos, despois do esforzo, teñen unha fermosa cor rosa; o peito sobe e baixa mostrando toda a feminidade animal da muller.

Lingua nas axilas. Mónica, que intentara permanecer inmóbil para non satisfacer á muller, sacude as cintas de xeito incontrolable e tira das correas para o agradecemento do membro 231.

"Mmmm, é posible que sexas cóxegas? Veremos, veremos, quizais outro día. Agora déixanos en paz".

Os humanos modificados retroceden. Mónica pregúntase que quere a muller dela. Sabe que non lle debería ferir o beizo, agora cuberto cunha venda. Fai un xesto instintivo e comeza a tirar das correas, que, porén, en parte elásticas, absorben o seu esforzo ileso e sen ceder. Entón renova teimosamente o esforzo, logrando dobrar os brazos e as pernas o suficiente para obter máis alavancagem.

"Ei, rapaces, volvede aquí por un momento! Rápido"

Os humanos mod están de volta cunha gran carreira.

"Quero que engades máis correas; é mellor que sexas ultra seguro, aínda que nunca os podras romper, cadela."

Mónica está molesta, pero mantén o seu comportamento e non mostra rexeitamento. De feito, sería imposible liberarse, pero a muller témelle moito medo, despois da patada anterior.

Agora é aínda máis axustado que antes, as correas extra deixan moi pouco movemento.

"Agora podes ir"

Agora están sós.

O membro 231 fíxase en Monica durante cinco minutos e permanece inmóbil. Mónica non di nada e non revela emocións.

"Ben, tes bo humor, can."

Mónica ten unha mirada orgullosa e evita a mirada da muller.

A respiración é máis tranquila agora.

"Non falas. Que deberías dicir doutro xeito? As cadelas non falan. Polo menos poderías pedir perdón polo meu corte nos beizos, non che ensinaron a educación?"

Silencio.

Ao tocar a muller no abdome muscular, Mónica salta.

"Ah, pero ahí estás. Escoita descarado, dentro duns días tereite toda a noite. Non sei de onde vés, como podes ser tan fermosa e forte ao mesmo tempo? Ás veces pensei que non pode haber ninguén coma este neste planeta. Ah, pero non te preocupes. Fareiche sufrir. Fisicamente. E entón pedirás que che perdoe ".

Morde o abdome arredor do embigo, lambe os peitos e os pezóns. Parece un soño. Mórdelle o pezón esquerdo e Mónica sacuda, máis de orgullo que de dor, e xira a cabeza cara a un lado.

"Mirarás cara abaixo e pedirame que te bico, dicindo que son a túa única Deusa na Terra".

Mórdelle forte o pezón, Monica suprime un berro, pero un "nnnggghhhhh!" escápaselle.

"Por hoxe está ben, pero non remata aquí ... volveremos a atoparnos pronto; xa sabes, eu mando nesta illa esquecida polo mundo".

Mónica, na palabra "illa", ten un momento de pánico. As túas posibilidades de fuga son practicamente nulas se estás nunha illa.

Por agora está orgullosa de non sucumbir á muller.

Os humanos modificados volven á súa rutina diaria e o día transcorre sen problemas.

Sonia e Robert están a traballar asiduamente na máquina rexeneradora.

Na práctica, é un ovo xigante onde calquera que se sente dentro durante cinco minutos pode curar de todo tipo de feridas, enfermidades e lesións. Non pode facer nada contra o envellecemento normal, pero usalo todos os días pode estender moito a túa vida, en teoría.

Despois de varios intentos con cobaias despois de facelos sometidos a pequenos cortes, queimaduras, raspaduras, Sonia e Robert foron máis alá, sometendo aos cobayos a traumatismos severos, escordaduras, mutilacións parciais e logo curáronos con resultados sorprendentes. Agora están completando probas para mellorar a fiabilidade e eficiencia da máquina.

Robert téntao a si mesmo. Aínda que non estea ferido ou enfermo, utilízao durante dous minutos. Unha vez fóra, parece que acaba de espertar dun día e uns días de sono, novo, a túa postura máis vertical e o corpo máis tonificado. Pregúntase que efecto pode ter ... nela. Pregúntalle tamén Sonia.

Reunión especial.

Sala de reunións con Sonia, Robert, Julia, Samantha e Paul.

Entra o membro 231, os demais levan en sinal de respecto.

"Bos días queridos compañeiros. Hoxe preséntovos á agardada Mónica. Hai moita curiosidade por parte de todos, homes e mulleres. Entre nós confeso que cando a vexo sen roupa a miña heterosexualidade vacila moito. Ei, mire esta gravación: despois da súa captura Eu a vin e chamoume a atención o seu físico e a súa cara, así que puxen a proba as súas habilidades en ximnasia: loita dándolle unha falsa esperanza de fuxida. Só podo dicirche que estaba desarmada. (Ademais de estar espida, non puiden deixar de desvestila). contra dez humanos modificados armados con cadeas e porras ... ben, mira ":

A película da loita procede dos momentos iniciais nos que se ve rodeada, no momento do seu ataque, ata os golpes que recibe, ela que se levanta coma se nada, a súa vitoria momentánea. Despois da escena, o vídeo continúa coa entrada dos outros vinte que a capturan, non sen dificultade, grazas á rede, así como á evidente superioridade numérica. A escena de loita do membro 231 está acompañada dun "Oohhh" de asombro xeral. Entón foi atada ao berce con correas. Ao final do vídeo, algunhas imaxes fixas destacan algúns movementos acrobáticos case non naturais, así como as súas magníficas formas.

Julia e Samantha, notoriamente rectas, míranse preocupadas.

"Membro 231, tes razón; non coñezo á miña colega Samantha, pero vendo un exemplar así podo cambiar de lado con bastante facilidade; ei, mira cando a golpean, ten un movemento tolo; animal pero simpático; poderoso pero sinuoso, a velocidade execución case inhumana ... mmm ... quen sabe cantas cousas podemos facelo probar ".

Intervén o membro 231.

"Ben, sen máis trámites, aquí está o orixinal".

Os humanos modificados levan unha gaiola. Dentro, Mónica leva un traxe de baño roxo. Está encadeado nos pulsos, nocellos e cun colar unido á parte superior da gaiola, con poucas posibilidades de movemento. Vendado e cun refractor na boca.

"Amordaceina, é rebelde, non quero que ofenda aos meus queridos compañeiros. Xa me ofendeu, pero non son susceptible ... ben, tamén porque sei o que a espera".

Mónica decátase de que está a ser observada por varias persoas, pero finxe indiferenza.

Paul colle un aguijón eléctrico e golpea a nádega dereita, facendo que o conejillo de indias suspire cando comeza a retirarse. As cadeas, aínda que grosas e seguras, permiten a liberdade de movemento achegando o abdome á parte dianteira da gaiola; pero alí Sonia a agarda, ela tamén cun aguijón, e pégalle no abdome, facéndoa retirar.

Os outros únense ao xogo e para Mónica a situación faise "urxente" como mínimo. Bromeana á súa vez, desde cada lado da gaiola, ás veces a intervalos curtos, ás veces con pausas sádicas, sen dicir unha palabra.

Os aguillóns non son especialmente dolorosos, especialmente para un exemplar robusto e saudable coma ela, pero son moi molestos e, sobre todo, provocan movementos incontrolados do corpo, ofrecendo un fermoso espectáculo aos torturadores.

O traxe de baño dunha peza engade un toque de cor á túa persoa, pero deixa pouco espazo para a imaxinación dos espectadores sádicos. Samantha valora como o seu corpo, cando se move, crea unha dinámica muscular moi sensual, cousas que non se podían notar na foto.

Despois de varios minutos Mónica comeza a enfadarse e a retorcerse como unha furia salvaxe, esquecendo que propuxera conter as súas emocións e frustracións para non dar satisfacción a quen a torturaba.

Paul activa sádicamente o aguijón na coxa cunha acción prolongada durante uns segundos, obtendo un gruñido sufocado pola mordida. O ruído das cadeas que se tocan e a súa visión envolvendo esa obra de arte viva son unha bendición para os sádicos torturadores.

Mónica está esgotada. A súa rabia convértese en frustración e non pode frear as bágoas. A pesar diso, os aguillotes a tocan unha e outra vez, inexorablemente. Agora o peito elévase e cae convulsivamente, sen control.

"Pare".

O membro 231 ordena que se leve ao cobaia ao centro da mesa arredor do cal están sentados os compañeiros.

"Queridos compañeiros, aquí está o programa para as primeiras semanas: todas as mañás Monica adestrará, manterase en forma segundo o procedemento; Pola tarde faremos todo tipo de probas, especialmente a primeira semana; de noite, xa imaxinando que todo o mundo quere telo, a primeira quenda será a nosa ... para ser o meu xoguete, non cadela? "

Volve burlala co seu aguijón. Mónica emite un "nnnggghhhh" de rabia, especialmente pola palabra "xoguete", sen saber que esperar e comeza a tirar das cadeas. Ao estar un pouco suada, o seu corpo parece aínda máis animal.

"Teremos que preparar un calendario ... ah, supoñendo que eu, Robert, Sonia e Paul queremos, vostedes dous, Julia e Samantha? Que pensas? Tamén podes seguir cos rapaces, se queres, ninguén te obriga"

"Mira, membro 231, como dixen antes ... creo que podo dicir con absoluta certeza de que, por primeira vez, estaremos interesados no corpo feminino; isto supera a calquera outro cobaia que tivésemos".

Dito isto, Samantha leva un dedo desde o embigo ata a axila do can atado provocándolle outra reacción descontrolada e un "nnggrrrrr" asfixiado.

"A cadela ladrante non morde; mira o seu corpo, parece unha salvaxe"

O membro 231 continúa.

"Entón, o luns Julia e Samantha, o martes Paul, o descanso do mércores (despois de Paul gustaríame moito ver se aínda presume), o xoves I, o venres Robert, o sábado Sonia, o descanso do domingo. Creo que durante a primeira semana podería ser así. Hoxe farémosche unha proba das túas ... habilidades físicas, non, perrito? "

Toca, toca por detrás nas nádegas co conseguinte arranque de Mónica.

Exercicio rutineiro

"nnnggghhhh"

Monica jadee mentres os humanos modificados eliminan a mordaza.

Agora está ao aire libre; por primeira vez decátase de que realmente está nunha illa; a vista do mar ao redor de Mónica ten un comezo desesperado.

Pero agora tes que descubrir que está pasando.

Hai outras persoas vestidas coma ela, incluso con traxes de baño de distintas cores, mulleres con bikini ou coma ela cun traxe de baño dunha soa peza, homes, con calzóns. Parecen ser persoas fortes fisicamente, atletas de varios tipos. Están rodeados de humanos armados modificados, un corredor que se asemella a unha gaiola aberta. Dende a súa posición, Mónica pode ver que o corredor-gaiola continúa ata onde se ve.

Non moi lonxe, un home espido está ligado a X ao aire libre, a un mecanismo que xira lentamente, expoñéndoo completamente ao sol. Mónica flipa e o seu sangue arrefríase ao pensar que poderían facer con ela.

Aparece o membro 231, xunto cos dous idiotas e outros fóra da gaiola.

"Bos días, cobaias".

"Ola, membro 231"

Os conejillos de Indias responden corados, asustados, Mónica excluída.

"¿Non che ensinaron a dicir hola, cadela?"

Mónica queda parada cunha mirada orgullosa.

"Sabes que a túa forza aquí non che axudará, non?"

Ela asente coa cabeza e oito humanos modificados achéganse a ela dentro da gaiola coas armas apuntadas.

Mónica mira ao desgraciado que está forzado ao sol e renuncia ao orgullo.

"Bos días membro 231"

"Pero bueno, estamos aprendendo bos modais; non es tan estúpido como parece, cadela ..."

Monica ten un movemento instintivo para correr cara á cerca, a tientas para subila e golpeala de novo, pero en canto deixa entrever un movemento, os humanos modificados bloquean o seu camiño e apuntan as súas armas cara a ela.

O membro 231 sorrí.

"Para aqueles que non estean familiarizados coas regras -unha chiscadela para Mónica- hai cinco homes e cinco mulleres, máis outros dez que acaban de rematar, pero que non teñen nin idea do tempo que fixeron ... farás unha volta de tres quilómetros. Comezaremos por orde aleatoria, cronometraranse. En cada volta, o home e a muller máis lentos pararán e serán considerados os últimos clasificados. No resto, de novo o mesmo, cada tres quilómetros hai unha eliminación. A clasificación faise en a orde de eliminación e logo polos tempos Non fai falta dicir que os tres últimos serán usados ... para experimentos desagradables, do sétimo ao cuarto ... nada que facer, o segundo e o terceiro un día de descanso e o primeiro .. . unha semana enteira de descanso "

Mónica sente a tensión nos outros "competidores". É o cuarto en marchar.

Non sabes que estratexia adoptar; parecía entender que todos somos deportistas; ten que competir coas mulleres, algunhas das cales tiñan un físico máis masivo, para carreiras curtas; nestas pode prevalecer sobre longas distancias, pero ten medo de ser eliminado nos tres primeiros quilómetros. Así, sen demasiados cálculos, céntrase en formar parte dunha gran carreira.

No primeiro quilómetro, Mónica decátase de que o home que veu detrás dela está ao día. Isto non debería ser un problema, xa que está a competir con mulleres, pero é a primeira vez que un home a segue e vai aínda máis rápido que ela; quizais os outros presos foron "sacados" do mundo do atletismo; Ademais, o xeito no que son mantidos e adestrados cada día pode aumentar o seu rendemento. Por iso, comeza a acelerarse, un pouco asustada e temerosa polos chamados "experimentos". O home xa non se achega a ela e mantén unha distancia constante. Ao final da xira pola illa, ve a figura dun home ao que case chegou. Á chegada á meta, os humanos modificados están preparados e os demais con temporizadores e ordenadores. Despois da liña de meta, os humanos modificados detéñeno coas súas armas puntiagudas; inmobilizan ao home que está diante dela e empúrrao do camiño; parécelle que está aterrorizado e chora. Obviamente, é o primeiro eliminado e, sen dúbida, o último ou o penúltimo sabe o que agardar. Mónica, pensando que xa non será das últimas, colle os últimos metros cunha velocidade máis tranquila para prepararse para unha carreira a distancia.

O momento da verdade: pasas a meta ... non ves ningún movemento en particular, podes continuar. Agora xa entendes a crueldade do xogo: ter que correr sen referencia e sempre no mellor momento. A présa ao final da volta cansouna un pouco, pero recupera forzas e conciencia pensando en todos os seus adestramentos realizados no pasado e pensando que é Monica G. recupérase e comeza a coller o ritmo. Despois da segunda volta aínda está en carreira e isto consóaa ante o temor de que escapase do que lle podería pasar; Ademais, o home que a alcanzaba xa non se achega a ela, un bo sinal. Agora está cada vez máis preto da idea de poder gañar polo menos un día de liberdade.

Pobre inxenua, Mónica non se dá conta do que está a suceder na zona de contrarreloxo. O membro 231 observa os datos de cronometraxe con incredulidade xunto cos demais: Despois dunha primeira volta en liña cos outros cobaias, Monica foi a máis rápida na segunda rolda, incluso por diante dos homes; Na terceira volta é a única que baixou os tempos en vez de aumentalos; o seu ritmo é admirado por todos: unha excelente carreira, que non parece causarlle o máis mínimo cansazo; só despois dos primeiros seis quilómetros comeza a ver suor no seu magnífico corpo, que embelece as súas xa espléndidas e delgadas formas. O membro 231 diríxese aos seus colegas:

"Como podes ver, o que se di dela parece ser certo, polo menos na carreira; como é un exemplo máis alá de todos os parámetros, entón competirá na piscina, a pesar dos procedementos que prohiben dúas carreiras o mesmo día; aquí podería gañar facilmente, nin sequera cansar demasiado, pero faremos crer que acabou cuarta ... non hai xeito de darlle un día de descanso, teño moitas ganas de probalo ".

Na cuarta volta, Mónica sente os primeiros signos de cansazo, pero a súa carreira vai ben e ve a posibilidade de gañar un merecido descanso.

Pero na cuarta volta detéñena, cun pouco de asombro: ¿é posible que alguén fose máis rápido?

"Ben, cadela, xa que o primeiro día non está mal. Por un pelo non acabaches terceiro ... paciencia, será por outra vez"

Inmobilízaa e lévana dentro do centro de detención, á súa cela. Auga a gusto e algúns complementos alimentarios.

Despois de quince minutos de descanso total, Robert e Sonia achéganse á cela sós.

"Ola Mónica"

Comeza Robert.

Sonia observa, sen saudala, o corpo da cabeza aos pés no seu traxe de baño dunha peza.

"Ten coidado cadela"

Robert sorrí.

Monica, a pesar dos dez quilómetros a unha velocidade vertixinosa, aínda ten algo de enerxía. Lánzase con todas as súas forzas sobre o cristal, patadas e puñetazos, berros e lanzamentos aos dous antigos compañeiros de equipo.

"Maldita sexa! Que queres de min? Nunca me conseguirán, pero eu me matarei primeiro! ¿Entendes, monstro da natureza? E ti psicópata? Nunca me terás!"

En resposta, Sonia xira o interruptor que aumenta a temperatura, coa célula dividida en dúas partes e a auga que flúe dunha ducha.

Mónica comeza a suar, a calor faise insoportable aos poucos minutos.

Sonia vólvese cara ao asustado Robert:

"Non te preocupes, ama a vida demasiado para suicidarse, unha cousa son as palabras ditas por unha besta enfadada, unha cousa é ser asasinado en serio ... xa sabes, coñézoa ... ben, moi íntimo"

Mónica, cando sente que a temperatura volve subir, dáse conta de que a súa é unha batalla perdedora.

"Está ben, xa basta, farei o que queiras, só dime como rematar isto"

"Presta atención cadela"

Mónica faino, coas bágoas nos ollos.

Sonia presiona un botón, baixa a calor, levanta a parrilla e Monica diríxese cara á auga.

"Alto"

"Pero como non fixen o que quixeches?"

"Aínda non cadela; tes que cambiar para a próxima carreira; quítate o traxe de baño".

Mónica faino de mala gana.

"Pon o traxe de baño na rañura. Ben. Agora xira cara a nós, axeonllate e pon as mans na cabeza".

Desde o vaso, Robert e Sonia miran ao seu preso de xeonllos.

Intervén Robert, ata ese momento permanecera á marxe deixando as rendas do xogo a Sonia.

"Prefiro que esteas de pé ... cadela"

Mónica ruboriza; Ata ese momento, Robert semellara amable.

Robert, non podes suprimir un sorriso sádico. Está superando a súa timidez cara ao seu antigo amor. Agora está espida, de pé e á súa mercé. Podes ver os músculos de cada centímetro, o peito latexando. A forza física da cobaia é inútil contra os sistemas de restrición da illa, o contraste entre ela e as dúas acentúase aínda máis coa súa espida e o feito de que as domina de estatura.

"Ben, ben, en breve poderemos estudar o teu corpo e sen présas, agora dá a volta, ensínanos o teu culo firme"

Mónica sorprendida dá a volta con toda a súa maxestade. Visto por detrás, destaca a firmeza das longas pernas, nádegas e costas. Os músculos do brazo que se ven por detrás son unha escultura viva e móvense como frechas.

"Abre as pernas e inclínate cara adiante, agora, apoiando os brazos no chan"

Mónica séntese ruborizada cando sente nas mans un obxecto frío coma o chan.

No momento en que se inclina, séntese vulnerable á vista de ambos con toda a súa intimidade. Os peitos abundantes destacan entre as coxas, as pernas son rectas grazas a unha inusual flexibilidade. Os dous quedan co coñecemento de que pronto estará totalmente dispoñible.

Mónica, nesa posición, despois dunha intensa actividade física e fatiga, sente unha estraña calor que lle sae do estómago; unha estraña sensación de pracer apodérase dela.

"Como é posible?"

Os dous pregúntanse.

Sonia e Robert míranse un pouco sorprendidos, case léndose a mente, sorprendidos pola dúbida dunha posible afección pola súa parte.

Intervén Sonia

"Ben, podes ir tranquilo".

Mónica, en vez de sentirse aliviada, case renuente a deixar o posto, pero axiña descarta a idea e diríxese á corrente de auga, refrescándose.

Fantastic Girl

A seguinte proba faise nun biquíni, cunha parte superior vermella e calcinhas azuis, un tipo bastante restrinxido, deliberadamente axustado para resaltar os seus peitos e pezóns que, grazas ao aire fresco, eran bastante evidentes.

Está nunha piscina cun bordo de dous metros de alto, para evitar calquera intento de fuga. Hai homes e mulleres como na carreira anterior, as regras son as mesmas, coas voltas cubertas como parámetro.

Despois de dez voltas, elimínase a primeira. Unha muller, asustada pola perspectiva dos experimentos que estaba a piques de experimentar, ten a insalubre idea de intentar escapar unha vez que saia da piscina. Sendo moi forte fisicamente, consegue derrotar a seis humanos modificados a pesar das esposas nas bonecas, antes de quedar atordada coas estrañas armas.

Monica non para demasiado tempo e tenta facelo o mellor posible, a pesar da carreira de dez quilómetros que acaba de facer. A natación é unha das cousas que mellor fai.

O membro 231 observa os horarios como de costume e nota a mesma tendencia que xa era evidente na carreira: a moza parece mellorar co paso do tempo. Aquí tamén, despois do silencioso comezo, comeza a ser aínda máis rápida que os homes. E incluso aquí, decidiuse "conseguir" o seu quinto, a pesar da clara posibilidade de poder vela no chanzo máis alto do podio, incluso mellor que os homes xa despois da primeira carreira.

Monica está, incluso aquí, un pouco sorprendida, pero polo de agora está satisfeita de que non rematou nos tres postos inferiores.

Pero a idea de escapar deulle despois de ver o intento do nadador anterior.

Deuse conta de que xunto á piscina hai un helicóptero e quizais ...

Esa idea faino animada e aproveitando a liña que se vai facer cos nadadores e antes de que a encadenen de novo, vai aproveitar a última oportunidade que cre que pode ter antes do que a espera pola noite co membro 231, para intentar ir ao helicóptero.

Derruba aos dous humanos modificados que a rodean e vai recto coma unha frecha cara ao membro 231 que queda sorprendido pola rápida reacción da muller.

Neste momento volve converterse nunha Fantastic Girl.

Aproveita un poste que colle do chan e coa súa axuda plantao no chan e cun incrible salto pasa por riba dos gardas que o membro 231 enviou na súa captura despois da primeira reacción sorpresa, e pousa xunto a ela , dándolle unha nova patada na cara e inmobilizándoa.

"Como alguén se achega a min a mato aquí mesmo, carallo!

O membro 231 fai xestos aos humanos modificados para que se afasten.

"Agora que vas facer, cadela? Empezaba a gustarme pero despois disto vas sufrir máis do que podes imaxinar, cadela "

"Cala carallo ou rompero o pescozo agora mesmo, imos tranquilos ao helicóptero ..."

O membro 231 dáse conta de que hai unha posibilidade real de que o seu plan funcione manténdoa como refén e do forte que é incluso despois de dúas extenuantes probas ...

Así que intenta distraela ...

"Mira ... hai Sonia e Robert, non queres contarlles algo?

Monica busca un momento no que o membro 231 apunta polo que aproveita para tratar de fuxir, pero a forza coa que a sostén é tal que Monica de inmediato dáse conta da manobra e golpea no estómago.

"A próxima vez que queiras intentar enganarme matareite, cadela. Onde está o piloto do helicóptero? Chamao para que veña a preparalo "

O membro 231 fai o que lle indican, polo que nuns momentos aparece unha persoa vestida con roupa militar xunto ao helicóptero e entra a poñelo en funcionamento.

Niso Sonia e Robert xa están xunto a eles con rostros difíciles de descifrar, pero parecen confusos.

"Membro 231 que pasa aquí?"

Mónica míraos con tanto odio que retroceden, pero non o suficiente ...

Mesmo co membro 231 apoiado cun brazo, Monica lanza unha perna mortal cara a eles golpeando a Sonia directamente no pescozo. Esta caída caeu ao chan, morta no acto.

Robert queda paralizado de sorpresa e horror ao ver ao seu amigo caer morto, permitindo a Mónica lanzarlle outra patada esta vez nos órganos xenitais con tanta forza sobrehumana que Robert lanza un berrido de dor inhumano e frótase. chan.

"Isto é para que os teus ovos deixen de funcionar definitivamente, puto sádico"

E cun movemento rápido métese no helicóptero, xa en marcha, detrás do membro 231 que empurrou para dentro.

"Ben, podes imaxinar o que quero, así que ordénao!"

"Piloto, imos ao continente"

O helicóptero comeza a levantarse permitindo que Mónica volva respirar, deuse conta de que levaba tempo respirando e comeza a ver que saía dese inferno.

Cando o helicóptero xa está sobre o mar a poucos quilómetros da illa, Monica, Fantastic Girl, recorre ao membro 231 ...

"Puta, foi bo coñecerte ..."

E bótao ao mar ...

O XOGO DE DESVESTIRSE

Paul e eu fomos a unha festa dada por amigos seus.

Non coñecía a case ninguén, pero parecían un grupo agradable.

Paul pediu desculpas e comezou a falar cuns compañeiros que non vira desde que rematou a carreira, así que quedei só.

Boteime un pouco de sangría e comecei a beber con calma, buscando arredor de alguén que coñecía.

Todos estaban ocupados falando con alguén e el non quería interromper ningunha conversa.

De súpeto, vin un par de persoas escorregar pola porta do fondo da sala.

En pouco tempo, tamén entraron tres persoas máis.

Despois un máis.

Iso era demasiado para a miña curiosidade, así que decidín ver que pasaba alí dentro.

Abrín a porta e vin un gran grupo de persoas mirando cara ao centro da sala.

Púxenme de puntillas para ver o que miraban e descubrín a un rapaz duns vinte anos sentado nunha mesa cunha caixa chea de cartiños na man.

A xente ría sen parar e me espertou aínda máis a curiosidade.

Decidín pedirlle a alguén que se enterase.

Toquei no ombreiro a unha nena que tiña diante.

"Oe, perdón. Que é todo isto?, preguntei, alzando a voz por riba das risas.

"Estamos xogando" ¿Atréveste? " "El respondeu" Queres xogar?

"Non sei xogar", dixen.

"Non importa, xa cho explico", exclamou. Verás que fácil é. Cando chegue a quenda debes escoller unha carta da caixa que leva o 'moderador' do xogo, que é o neno da mesa. Hai un "reto" escrito na tarxeta que debes cumprir. Se decides non cumprir, deberás pagar unha promesa. Debes quitar algo de roupa.

" Entendo. Por iso hai ese alí sen camisa ", dixen sinalando a un home que se ría. "

"Isto é", respondeu ela "É que levamos un tempo xogando. Ademais diso hai outros que xa pagaron unha prenda. Esa rapaza xa está en bragas e tiven que quitarme os zapatos".

Mirei para os seus pés e vin que dicía a verdade.

Sorrín, deille as grazas e saín da habitación.

Busquei a Paul para preguntar se quería entrar e xogar comigo.

"Non querida" respondeulle "Xa ves se queres, estou a falar cuns amigos da universidade".

Entrei só.

Dixéronme que para entrar no xogo tiña que dicirllo primeiro ao moderador.

Así o fixen e cando me tocou sacar unha tarxeta.

"Cunha venda, bica a tres membros do sexo oposto e despois adiviña quen é quen".

Elixiron tres homes, e vendéronme os ollos.

O primeiro parecía que quería chegar ás miñas amígdalas coa súa lingua.

O segundo usou menos a lingua, pero pasou case un minuto fregandome o cu mentres me bicaba.

O terceiro tamén usaba moito a lingua e non só me fregaba o cu, senón que tamén me acariciaba as tetas.

Deixeinos facer porque se tivese parado a algún deles eliminaríanme.

Quiteille a venda e peguei aos tres, un pola barba e os outros dous pola altura.

Cando me tocou outra vez a miña quenda, xa había unha muller con suxeitador e bragas, e un home con calzón.

Saquei unha tarxeta nova.

"Terás que mostrar a túa roupa interior a quen poida igualar a súa cor. Poden probar tres persoas".

Que mala sorte! Levaba posto un liguero e unhas bragas negras a xogo.

Seguro que a alguén se lle ocorrería dicir esa cor.

Pero o peor foi que as bragas eran transparentes e podía ver todo a través delas.

Por que non tería posto as bragas granates?

Elixiron outros tres homes.

O primeiro dixo que non levaba nada.

Rín e díxenlle que fracasara.

O segundo dixo que era negro.

Bingo! Acertaches!

Díxenlle que se voltase e levantei o meu vestido para que só el puidese vela.

Ao verme, asubiou agradecido.

O moderador do xogo dixo que xa que o perdera tiven que quitarme algunha prenda.

Cun xesto sensual metei as mans debaixo da saia, baixei as bragas e colgueinas na percha co resto da roupa que xa quitaran os demais.

Na seguinte quenda, dous homes perderon o pantalón e unha muller o suxeitador, e dúas persoas abandonaron o partido con só dez persoas.

A muller en topless recordoulle ao grupo que non fixera o mesmo número de probas que o resto da xente e suxeriu que me fixera dúas probas adicionais para poñerme ao mesmo nivel que os demais.

A xente ignorou as miñas protestas e votou rapidamente para darme dúas probas adicionais seguidas.

Saquei a primeira tarxeta.

"Quítate o suxeitador sen abrir ningún botón do teu vestido ou blusa".

Cando o meu suxeitador se abriu por diante, abriuno sen ningún problema e pasei un lado por debaixo de cada un dos meus brazos.

Mentres, todo o mundo estaba mirando para min e escoitei a algunhas persoas comentar que todo era transparente para min.

O moderador dixo que unha das regras do xogo prohibía volver vestir calquera prenda.

Saquei unha tarxeta nova.

"Escolle tres persoas do mesmo sexo co xogo da palla. Bico francés un que dure polo menos un minuto".

Rompei tres mistos, mestureinos con outros poucos e paseinos para que cada muller elixise un.

O que conseguise un dos tres partidos rotos tería premio.

Xoana, unha rapaza pelirroja duns vinte anos, un corpo de curvas perfectas e algo máis baixa ca min, foi a primeira en sacar unha delas.

El riu e dixo que sempre fora bo nese partido.

Fíxome sentar de xeonllos e o moderador lembroume que se interrompía o bico perdería o reto.

Xoana comezou a bicarme con gran determinación e, sabendo que non tiña nada debaixo da roupa, primeiro acariñoume os peitos e despois pasou unha man por debaixo da miña saia, deixándoa xusto enriba do meu pubis, xogando co clítoris.

Aguantei o bico, pero non puiden seguir sentado con aquelas mans experimentadas no meu clítoris.

Experto, fíxome chegar ao orgasmo, mentres eu me retorcía de xeonllos.

Cando interrompín o bico, o grupo aplaudiu e vin que pasaran seis minutos.

Joanna aínda mantivo a súa man no meu coño palpitante por un momento e despois levanteime.

Porén, non parou de presionalo ata que me dei uns pasos.

A miña respiración era rápida e comecei a esperar a que chegase de novo a miña quenda.

Un home perdeu os seus calzóns bóxers revelando un pene groso e duro.

Unha segunda muller perdeu o suxeitador.

A muller que xa non tiña suxeitador perdeu a saia sen deixar nada.

Pregunteime que pasaría se volvían perder.

Paul escolleu este momento para entrar na sala.

O moderador preguntoulle se quería quedar.

Botoulle un ollo ás tetas das dúas mulleres e non dubidou en dicir que si.

Dixéronlle que tiña que aceptar cinco retos se quería quedar.

Sacou a súa primeira tarxeta.

"Cunha venda, bica a tres membros do sexo oposto e despois adiviña quen é quen".

Eu fun a segunda e Xoana a terceira.

Freguei a Paul como fixera a primeira muller, fregando o seu pene polos pantalóns.

A Xoana foi mellor, baixando a braga e metendo a man para dentro.

Paul non me golpeou (pensaba que eu era o número un).

Perdeu catro das cinco pezas de roupa ao estar alí cos seus boxers, cunha erección tremenda loitando por liberarse.

O moderador anunciou que as cousas foron suficientemente lonxe e que era o momento de sacar as cartas máis fortes.

Conseguín o primeiro.

Vendéronme os ollos e puxéronme tres galos nas mans.

Tiña que adiviñar a quen pertencía cada un.

Incriblemente era incapaz de distinguir o de Paul dos outros.

Con toda a xente da sala mirando, quiteime a blusa.

A muller que xa estaba espida da quenda anterior perdeu o seu reto e todos os homes tiraron unha palla.

O moderador díxolle á muller que tería que sentarse no pau do que sacou a palla máis curta durante polo menos cinco minutos.

Vin como se sentaba enriba do gañador mentres el metía coidadosamente o seu pene no seu buraco de goteo, preguntándome se o meu castigo sería o mesmo se me espidase.

O moderador comezou a contar o tempo.

Intentou comportarse como nada, coma se sen moverse nos ía convencer de que non estaba a fodila alí no medio de todos, pero os lentos movementos cos que o home a penetraba fixeron que, ao cabo duns tres minutos, comezasen a reaccionar.

Comezaba a meterse no asunto cando a moderadora dixo que o tempo remataba e fíxoa levantar, ao que se negou, agarrándose con forza ao dono do galo que tanto pracer lle daba.

Todos rimos daquela reacción divertida, mentres Joanna e a moderadora tentaban quitar a aquel membro erecto da súa cona famenta.

Apenas o conseguiron.

O seguinte fun eu.

"Mira as tetas de tres mulleres e despois, cos ollos vendados, identifícaas tocándoas só coa lingua".

Joanna axiña presentouse como voluntaria, así como outras dúas mulleres.

Mirei as súas tetas, medindo o seu tamaño e características, e despois vendéronme os ollos.

A miña lingua por quendas exploraba cada unha das tetas.

Ocorréuseme que se os lambía con ganas acabarían emitindo algún son de pracer que me axudase a saber quen era cada un.

O segundo quedou en silencio ata que os meus dentes cepillaron o seu pezón e ela non puido evitar un xemido de pracer.

O terceiro xemeu na primeira lambetada.

Dixen que Xoana foi a primeira, e despois quen pensaba que eran as outras dúas.

Teño ben.

Xa cría que o reto pasara cando o moderador dixo que tiña que cumprir un castigo.

Decatouse de que usara os dentes nun deles.

Díxome que me quitase a saia.

Ía dicir que me seguira espiando, pero parou cando viu o meu liguero vermello e negro quente.

Díxome que podía seguir coa saia, pero que a partir de agora tería que cumprir as mesmas penas que os xogadores que xa estaban espidos.

Meteu a man na caixa de castigo e sacou unha tarxeta.

Non mo mostrou, pero fíxoo ler as tres mulleres restantes.

Achegáronseme, rodeáronme lentamente e leváronme ata a cama.

Joanna sentou nel e as outras dúas puxéronme de xeonllos.

A muller cuxo pezón morderon situouse preto da miña cabeza para que a miña cara descansase sobre o seu coño.

Colleume dos brazos para que non me puidese mover.

O outro suxeitoume as pernas e comezou a xogar co meu coño.

"Viches o mollada que está, Joanna? "Oíno dicir.

Mentres tanto, comezou a tocar o meu clítoris cun dedo e explorar o meu interior con outro ao mesmo tempo.

Involuntariamente as miñas cadeiras comezaron a retorcerse sobre os xeonllos de Joanna.

De súpeto, golpeoume moito.

Non me queixei, porque tiña medo de perder o castigo.

Tocoume unhas cantas veces máis e finalmente parou.

"Cantos foron? "Pregúntome.

"Non sei" respondín asustado.

"Entón comezaremos de novo", dixo.

Joanna seguiu azoutandome con forza mentres a outra rapaza exploraba o meu coño.

Esta vez mirei para contar as azotes.

Cando tiña vinte anos parou e mirou para a muller que me colleu dos brazos.

"Xa comezou a lamberte? El preguntou.

"Non contesto.

"Volveremos a comezar", exclamou Xoana.

Axiña enterrei a cara naquela coña que pertencía a unha muller que, como xa te decataras, nin sequera sabía o seu nome.

Joanna seguía pegándome cada vez máis forte.

Por fin, parou.

Esta vez contara 23 pestanas, aínda que tiña medo de perder algunha.

"¿Cantos foron? Volveume a preguntar.

"Vinte e cinco", dixen para asegurarme.

"Non, terás que facelo mellor", dixo Joanna. "Volveremos comezar.

O resto da xente aplaudiu e aplaudiu incesantemente, pero non eu senón os meus torturadores.

Tamén escoitei a Paul felicitar a Joanna polo programa que me facía montar.

Durante todo ese tempo, as mans que xogaron co meu coño non diminuíron nin un ápice.

Xa perdera a conta dos meus orgasmos, (foran polo menos cinco), e a xulgar polo número de veces que a muller que estaba a comer a súa coña me agarrara da cabeza, tiña polo menos tres.

Joanna detivo os seus golpes unha vez máis.

"Cantos foron? "Pregúntome.

"Vinte e cinco", dixen de novo, preparándome para unha nova goleada.

"Xa", dixo sen máis.

Entón, dirixíndose á muller da miña cabeza, preguntoulle:

"Virxinia, satisfízoche?

"De momento si" escoiteino responder "A menos que lle creza un galo..."

"E ti, Xulia? Preguntoulle ao que estivera explorando o meu coño.

"Si" respondeu coa respiración pesada "Para min, iso está ben".

Comecei a erguerme, pero Xoana paroume e fíxome deitar.

"Poden estar feitos, pero eu non o fixen" díxome "Agora debes contar os dez golpes seguintes para que todos os que están nesta sala poidan escoitarte. Entón bicaras a min, aos coños de Virxinia e Xulia como xeito de agradecerte que ben o pasaches con nós".

Aceptei.

Tardou máis dun minuto en golpearme as dez veces.

Entón biquei a coña de Virxinia sen sequera erguerme e deille as grazas.

Levanteime e biquei a coña de Julia e deille as grazas tamén, gardando a Joanna para o final.

A comida de coño que lle dediquei durou uns tres minutos, ata que finalmente a sentín vir.

Despois tamén lle dei as grazas.

Mentres o facía, decateime de que quería dicir o que estaba dicindo.

A experiencia fora moi gratificante.

Agora era a quenda de Paul...

Paul escolleu unha tarxeta de desafío e pola mirada da súa cara puiden dicir que non conseguira o que esperaba.

"Utilizando só a boca e os ollos vendados, identifica os galos de tres homes".

"Non vou facer isto", dixo, volvéndose cara a min.

"Espera un minuto" respondín un tanto molesto "Pasácheste moi ben vendo como andaba con tres mulleres e agora non queres facelo. Creo que estás sendo inxusto".

"Pero, é que..." comezou a dicir "É que son... cachos!!"

"Veña" dixen, vendo que xa o estaba convencendo "Non che pasará nada se o fas, non che vai facer dano. Ademais, pensa no castigo que che dará o moderador se te negas".

Non sei ben cal dos meus argumentos conseguiu finalmente convencelo, a cuestión é que, despois de pensalo un momento máis, anunciou que o ía tentar.

Mirei atentamente os tres galos expostos ante Paul.

Tiña os ollos vendados e tremía de pés a cabeza.

Intentei animalo dicíndolle que iso me excitaba tremendamente, o que era completamente certo.

Por fin decidiuse e comezou a afrontar o reto.

Ao final non estivo tan mal, rematou en menos dun minuto e só acertou a un.

O moderador pediume que lle axudase a escoller o castigo.

Cos ollos aínda vendados, fixérono sentar no bordo da cama.

As mulleres que aínda estaban no cuarto desvestironse.

A partir dese momento, a roupa xa non serviría de castigo.

Cada un deles sentouse no seu pau ríxido durante exactamente un minuto.

Eu era o cuarto e Paul recoñeceume polas medias que aínda levaba postas ou quizais por outra cousa.

Rogoume que me quedara un pouco máis, o tempo suficiente para vir.

Deille un bico que lle desatascaron a gorxa e sentei nel uns momentos máis mentres as súas cadeiras me empuxaban unha e outra vez, tentando alcanzar o orgasmo rapidamente.

Non llo permitín.

Ao final foi un castigo, así que levanteime deixándoo a metade.

Xoana foi a última en introducir o seu pene.

Ela espertouno sen piedade e tamén o deixou antes de vir.

"Se precisas que elixa outro castigo, non dubides en consultarme", ofrecínlle ao moderador, mentres Paul se erguía e quitaba, esgotado, a venda dos ollos.

"Non te preocupes" sorriume "A partir de agora elixiremos entre os dous".

Vin a Joanna coller a seguinte tarxeta.

Leuno para si mesmo e pareceulle divertido.

Pedímoslle que o lese en voz alta e fíxoo.

"Escolle tres homes e tócalles o pollo. Despois, cos ollos vendados, senta neles e identifica aos seus donos".

Ela paseou pola sala e escolleu dous homes, curiosamente, os que tiñan os galos máis grandes.

Cando chegou a Paul, detívose diante del e colleu suavemente o seu pau.

Paul deu un paso adiante, contento porque agora ía ter a oportunidade de rematar o que antes non lle deixamos.

Pero, Xoana soltouna, sorrindo cruelmente.

"De momento xa tes abondo", dixo "Se es bo, quizais te elixa para outro partido".

E ela afastouse del, deixándoo cun galo duro e un ceño decepcionado na cara.

Non puiden evitar sorrir.

Serviulle ben.

Xoana escolleu o terceiro e trouxono xunto cos outros dous.

Tocou cada un dos galos ata que quedaron duros e cando rematou vendaronlle os ollos.

Despois empalouse en cada un deles, sen darlle a ningún dos tres a oportunidade de vir.

Ela veu duro no terceiro galo.

Incomprensiblemente, ningún deles tiña razón.

Todos nos decatamos de que eu fallara adrede, incluso o moderador que me chamou para deliberar.

Finalmente, atopamos un castigo segundo a personalidade de Xoana, aínda que no fondo todos sabiamos que máis que un castigo, era un agasallo para ela.

Atamos a Xoana á cama boca abaixo, de xeito que a súa cintura quedou dobrada no bordo, deixándoa de xeonllos co cu ao descuberto a todos nós.

O castigo consistiría en que cada home a follase por detrás durante exactamente un minuto.

Estaría ao seu carón para presentarlle cada un dos galos.

O moderador levaría tempo.

Un xesto seu sería o sinal de que o tempo remataba e de que debían quitarlle o pene.

Se se negasen, eu sería o encargado de retirala á forza (levándoos polos ovos se fose necesario).

Achegueime a Paul e díxenlle algo ao oído.

Despois tomei o meu lugar.

Collín o primeiro dos seis galos que ían entrar no burato de Xoana coas dúas mans.

"A punta está un pouco seca" mentín, porque todo iso me estaba facendo máis cachonda "Creo que terei que mollarlle coa lingua".

Fíxeno, recreando máis do necesario, o que me valeu unha reprimenda do moderador.

Entón, presenteino expertamente.

Xusto cando Joanna comezou a moverse no tempo coa súa parella, o moderador deume o sinal de parar.

Agarrei o seu pau suavemente e saqueino rapidamente.

Tamén mollei o segundo coa boca morna, xa que, como dixen, era «necesario».

Cando o puxen, o seu pene comezou a entrar e saír á velocidade do raio.

A pesar diso, saqueina antes de que puidese acadar algunha satisfacción.

O terceiro e o cuarto pasaron do mesmo xeito.

O moderador foi o quinto.

Mirei o seu pau e neguei a cabeza lentamente.

"Creo que vou ter que mollar este galo tamén", dixen maliciosamente.

Púxeno na boca e comecei a lambelo e a chupalo coma se non houbese ninguén máis no cuarto.

Dediqueille máis tempo que a ningún outro.

Por fin, detívome coa man.

"Creo que é suficiente", dixo, jadeando de emoción.

"Estás seguro de que queres que pare? preguntei sensualmente.

"Por agora si" díxome "Despois pode que che deixe continuar.

O moderador estivo exactamente un minuto e foi o que máis se achegou a correr, debido á emoción que lle causara comer o meu gallo.

Paulo foi o último.

Xoana empurrara as súas cadeiras con forza contra os dous últimos galos, intentando chegar ao orgasmo, pero non o conseguiu.

Decidín que a faría sufrir un pouco máis antes do último ataque.

Sebrín lentamente os beizos da súa coña coa escusa de que así o galo entraría máis facilmente.

Iso fixo estremecer a Xoana de pracer.

Entón o meu dedo esvarou por todo o seu clítoris, excitándoa aínda máis.

Pensei que era suficiente e deixei que Paul se achegase.

Meteuna, xa que o coño de Joanna estaba máis que lubricado.

Empezou a darlle empuxes poderosas como fixeran os outros, pero despois do cuarto, quiteino e fíxeno metelo polo cu.

Xusto ao final do minuto de rigor, o moderador deume o sinal de eliminalo.

Joanna empurrou cara atrás coas cadeiras para tentar manter o membro inchado no seu lugar, pero non tivo éxito.

O moderador mirou para min.

"Agora votaremos para decidir o castigo que che impoñemos", díxome en voz alta para que o escoite o mundo enteiro.

"¿Castigo? A min? Pero por que? Dixen, incrédulo.

"Por ter cambiado as regras do xogo anterior" respondeu "Os galos só podían entrar no seu coño e non no seu cu. Ademais, non podías comer todos os galos sen o meu permiso".

Ninguén votou en contra.

Mentres tanto, vin a Joanna rodar sobre as súas costas, a man flotando lentamente ata o seu clítoris famélico.

O pobo tomara unha decisión.

"Vamos a vendar os ollos e despois faremos todos o que queiramos sen que saibades quen fixo que" exclamou sorrindo o moderador.

De súpeto, alguén púxome unha venda nos ollos e varias mans empuxáronme na cama.

Un segundo despois, un galo entrou na miña boca e comecei a chupalo con ganas.

Un segundo galo entrou no meu coño pingando, pero despois de catro empuxes, saíu.

Entón, sentín que alguén me separaba as nádegas e, inmediatamente despois, outro galo (ou quizais o mesmo) entrou no meu cu cun só empuxe.

Quería berrar pero o galo que se me enterraba na boca detívome.

Pouco a pouco puxéronme do meu lado, para que nin dos gallos que me foden nin as dúas bocas que empezaban a chuparme as tetas se afastasen dos seus obxectivos.

Notei que polo menos un deles era de muller porque tiña a pel da cara moi suave, sen deixar rastro de barba.

Varias persoas amontoáronse arredor do meu sexo e intentaron penetrar en min.

Despois dunha lixeira loita, un deles conseguiu.

Tal foi a pelexa que se formara entre a xente entre as miñas pernas, que sentín coma se me fodesen varias persoas ao mesmo tempo.

Era coma se toda a xente se puxera encima de min.

O galo da miña boca entraba e saía dela sen descanso, mentres o galo da miña coña seguía bombeando, pero con certa dificultade.

O do meu cu aínda me penetraba, pero parecía que a maior parte da estimulación do seu dono viña dos meus esforzos por contrarrestar os empuxes dos demais.

Ao parecer, as dúas persoas que me chupaban as tetas decidiran encenderme e estimularme tanto como puiden soportar.

A verdade é que me alegrou de ter os ollos vendados, polo que puiden concentrarme plenamente no que me estaban facendo.

Ver o que pasaba só serviría de distracción.

Unha das nenas colleume a man, púxoa no seu coño e comezou a fregarse cos meus dedos, usándoos para masturbarse.

Estaba tan confundida por todo que non puido reaccionar.

Era coma se me convertera nun obxecto, coma se me quitara a vontade.

O galo da miña boca comezou a latexar.

Segundos despois, un chorro de leite subiu pola miña gorxa.

Tentei tragalo todo, pero algúns caeron pola miña meixela.

Antes de que puidese recuperarme, puxéronlle un coño no seu lugar, que empecei a lamber sen demora.

Ao parecer, os dous que estaban fodendo o meu coño e o meu cu atoparan un ritmo común.

Cos seus impulsos conseguiron que viñese.

Estaba no medio do meu segundo orgasmo, cando escoitei un berro e veu o home que conducía o meu coño.

Entón, mentres se retiraba lentamente, sentín que o seu semen comezaba a saír do meu burato.

O seu compañeiro, dedicado de cheo ao meu cu, seguía bombeando aínda máis.

Unha cara apareceu na miña coña e comezou a lamberla apaixonadamente.

A sensación de ser fodida no cu mentres alguén me comeba o coño era nova para min.

Comecei a correr de novo.

Alguén comezou a tirarme do pelo.

A pesar da dificultade, tentei seguir cumprindo as esixencias do coño que tiña na cara.

Un novo galo apareceu na miña man e comecei a movelo arriba e abaixo.

Unha das bocas que había nos meus pezones desapareceu, ocupando o seu lugar un par de mans fortes que comezaron a fregar as miñas tetas, amasándoas coma se fosen masa de pan.

"Creo que esta rapaza quere que lle peguen unhas cantas veces", dixo unha voz á miña dereita que non podía descubrir de quen era.

O coño que chupaba presionouse aínda máis da miña cara.

Lambeino como puiden.

As súas coxas esmagaron a miña cabeza cando cheguei ao orgasmo.

Rápidamente un novo galo substituíuno e entrou na miña boca.

Imaxinei unha fila de persoas facendo cola en cada unha das miñas atraccións, esperando a súa quenda.

Decateime de que perdera toda conexión entre eses órganos sexuais e as persoas ás que estaban unidos.

A venda os ollos quitáralle todo menos a miña capacidade de sentir o que estaba a pasar.

Tiven que admitir que desde o momento en que entrei naquel cuarto, tiña segredamente esperando que algo así puidese pasar.

A verdade era que, desde que Joanna espertou por primeira vez o meu clítoris cos dedos, estaba nun estado de excitación constante.

Ao parecer, o home que me estaba fodendo por fin chegara ao punto de non retorno.

Colleu as miñas cadeiras e tomou o mando dos meus movementos.

Segundos despois, sentín como se lanzaron grandes chorros de seme desde o seu pene ao meu interior.

Despois deitouse ao meu lado e sentín que o seu pau se amolecía, saíndo pouco a pouco do meu cu.

Inmediatamente despois, desapareceu, deixando a miña parte traseira libre.

A boca da miña teta dereita foi substituída por outra man forte. Agora as miñas tetas estaban sendo masaxes en equipo.

De súpeto unha das mans desapareceu.

Segundos despois notei algo no meu peito, no val formado polas miñas dúas tetas.

Era unha man, unha man untada con algún tipo de lubricante.

Repasou as miñas tetas unha e outra vez, untándoas con aquel líquido viscoso.

Alguén subiu á miña barriga, subiu ao meu corpo e colocou un galo duro entre as miñas tetas lubricadas.

As súas mans uníronse aos meus peitos, converténdoos nun coño listo para ser fodido.

As cadeiras do home comezaron a moverse cara atrás e cara atrás a un ritmo demente.

O galo da miña boca desapareceu sen disparar a súa carga pola miña gorxa e o galo da miña man foi substituído por un coño ardente.

Alguén me bicou na boca, creo que unha muller, metendo a lingua pola miña gorxa.

Sentín o seme goteando do meu cu e do meu coño.

O galo que estaba fodendo as miñas tetas aumentou a súa velocidade.

Alguén levantou as miñas pernas, deixando ao descuberto o meu coño.

Azoutaronme con forza no cu dez veces, mentres unha man ocupaba o meu coño, masturbándome.

O galo no meu peito comezou a cuspir seme con forza.

Deume na cara e despois caeu pingando dela.

Tamén debeu chegar á muller que me bicaba, pero iso non impediu que me metera a lingua nin un segundo.

O membro xa flácido afastouse das miñas tetas.

A boca do bico afastouse tamén, así como o dedo do meu clítoris.

Por un momento quedei alí deitado, esgotado.

Un minuto máis tarde, quitouse a venda dos ollos.

Déronme unha toalla e limpeime suavemente con ela mentres observaba o grupo reunido.

Entre eles estaba Paul, o meu mozo, que tamén participara.

Decateime de que non o recoñecera entre todas aquelas persoas que me daban pracer sen parar.

"Agora ides agradecer a todos e todas por tervos proporcionado un rato tan agradable" díxome o moderador "Pero farédelo dun xeito moi especial".

Uns momentos despois estaba bicando cada un dos coños das mulleres.

Despois, poño na boca cada un dos galos dos homes, dándolles as grazas a cada un deles.

Xusto entón a porta abriuse.

" Onde están todos? " Dixo o recén chegado " Caramba, creo que teño a habitación equivocada! "

MULLER LATINA SUMISA

Julieta recibiu máis instrucións nunha carta.

Era un sobre branco con "Confidencial" escrito en negra.

As pernas de Julieta comezaron a tambalearse antes de que puidese abrir o sobre.

Lembrou falar con Paul onte á noite.

Cal será o teu próximo plan audaz?

A partir da súa relación nos últimos meses, gañou novas ideas sobre ela mesma e a súa sexualidade.

Antes de que Paul fose presentado, pensaba que sabía moito sobre o sexo.

Pero desde a súa relación con Paul, comezara a facer moitas cousas que nunca antes imaxinara.

Esquecera moitos dos seus equívocos sobre si mesma.

Antes de coñecer a Paul, pensou que estaba completamente satisfeita co sexo.

Pero pronto se deu conta de que non estaba satisfeita co que facía.

Tiña os ollos vendados durante a súa segunda cita.

Julieta nunca imaxinaría o sensible que pode ser o noso corpo cando non podemos ver.

Cada membro era asintomático ao tacto, e sentía curiosidade por saber que punto tocaría despois no seu corpo.

Sentiu que cada toque do seu corpo debería durar para sempre e loitaba por gozar de cada toque.

A próxima vez, Paul atou os membros á cama.

Sentindo que estamos desamparados emocionalmente, cando vemos o noso propio corpo espido, a nosa parella disfrutando del e non podemos facer nada, non podemos resistir, non podemos evitar nada nós mesmos, este sentimento é moi diferente.

Estás usando o seu fermoso e xuvenil corpo como queiras, diante dos teus ollos ... e só queres sentir o que che fará.

Sentimentos mixtos de impotencia e emoción.

Xogaron estes novos xogos constantemente e ela disfrutou ao máximo de todos eses xogos, apreciando a creatividade de Paul.

Curiosamente, Juliet, que cría que a súa natureza era agresiva e dominadora, renunciaba facilmente a Paul no xogo de novela.

Non só iso, encantáballe entregarse por completo, darlle o corpo, facer o que el faría, facer o que lle mandou facer.

Comezaba a sentir que alguén a debía dominar, facela facer calquera cousa.

Este cambio na súa natureza sorprendeuna.

Onte á noite, Paul dixera que a ousadía de mañá sería a culminación do xogo ata o momento.

"Escoitas todo o que digo, non si?" Preguntara.

A presentación chegara a ela só por preguntar.

"Si, Señor, farei o que me digas", respondeu ela tranquilamente.

Podía falar moi baixiño, pero este descubrimento só comezou cando coñeceu a Paul.

"Ben, mañá recibirás unha carta na túa oficina. Esa carta conterá máis instrucións para ti."

... e agora realmente tiña esa carta na man!

Coas mans tremendas, rompeu o selo da carta.

Que se escribiría nel?

Cal será o próximo ousado plan de Paul?

Que tería que facer por el hoxe?

Un pouco asustada, un pouco avergoñada tamén, comezou a sacar o papel branco dentro do sobre, velaquí e leu ...

"Escravo

1. Prepárate para o noso xogo desta noite ás oito, sé valente.

2. Debes vestirte así: pantalóns vermellos suaves, blusa a xogo, sujetador de bragas a xogo, pendentes de ouro nas orellas, cinto de prata e zapatos de tacón alto.

3. Un Mercedes recollerache ás oito en punto. O condutor saberá onde ir. Máis tarde darache máis instrucións. Así como segues as miñas instrucións agora, tamén debes seguilas pola noite.

4. Ademais, non levarás nada máis xa que non o necesitarás. Non precisa unha bolsa nin nada máis ".

O peito de Julieta latexou de emoción ata que rematou de ler as instrucións.

Emocionada polo que pasaría hoxe, comezou a mollarse.

Paul, un código de vestimenta, oito da noite, condutor de Mercedes ... nada máis.

Sempre conseguiu distraela no traballo.

Un pouco de medo, un pouco de emoción, un pouco de diversión, moita curiosidade ...

Ata agora, por moi audaces que fosen os seus xogos, xogáranse en lugares "privados".

Ás veces na casa de Juliet, ás veces no apartamento de Paul e outras nun hotel.

Pero rendiríase a Paul soa ... pero hoxe coñecería a unha terceira persoa, o condutor dese Mercedes.

¿Deulle Paul ao condutor algunhas instrucións audaces?

Paul dixo: debes obedecer todo o que di o condutor ...

Que pasa se o condutor lle pide que se retire a roupa no coche?

Ou se lle pide que o bique sentado no coche?

Ou se o inclinas mentres conduces ... ??? Ai Señor

Por que lle confesou todo isto a Pablo?

Cometeu un erro confiando tanto nel?

Por unha banda, con esas dúbidas na mente, ela tamén cría que Paul non permitiría que xurdise ningunha situación que a puxese en perigo.

Sorriu para si mesma, ao darse conta de que a idea de que o condutor a obrigase a espirse era tan terrorífica como emocionante.

Ás oito, Julieta vestíase e espiríase tres veces.

Ao principio levaba pantalóns vermellos, pero non era suave.

Paréceme ben así, por que lle debería prestar tanta atención ...

Mentres dicía isto, sen darse conta, quitara os pantalóns e buscaba un vermello máis suave.

Despois comezou a buscar os pendentes de ouro.

Nunca tivera a oportunidade de levar estes pendentes como adoitaba levar jeans e camiseta, pero Paul dixera unha ou dúas veces que lle gustaban moito.

Curiosamente, non se acordaba de cando lle dixera a Paul que tiña un cinto de prata.

Pero escribira o mesmo na súa carta, así que debía sabelo, iso é certo.

Mentres aprecias mentalmente a súa intelixencia ...

... O reloxo tocou as oito e un coche bocinou na estrada.

Julieta baixou correndo polas escaleiras e mirou pola mirilla da porta de entrada.

Diante da porta había un longo Mercedes negro.

Sacou a bolsa do ombreiro e tirouna no sofá do corredor, pechou a porta de entrada, abriu a porta e dirixiuse cara ao Mercedes.

O condutor uniformado abriulle a porta traseira.

O condutor era de mediana idade e tiña un aspecto educado.

Sentou dentro, preguntándose se el xa lle daría instrucións.

o condutor pechou moi educadamente a porta, sentou e arrincou o motor.

Como era de esperar, montar nun Mercedes era moi cómodo, pero non parecía importarlle.

Agora este condutor diralle que facer, como e se realmente quere obedecer o que di ...

Moitos deses pensamentos revolvíanse na súa mente.

O Mercedes percorreu as concorridas rúas da cidade.

Pouco a pouco, o tráfico circundante fíxose menos denso e deuse conta de que saíran da cidade e entraran na zona industrial.

As fábricas e os edificios de oficinas a ambos os dous lados da rúa estreita non parecían familiares.

De súpeto, o condutor ralentizou o Mercedes e entrou nun lote que parecía estar abandonado.

Aínda que a velocidade do vehículo foi o suficientemente lenta como para entrar desde a estrada principal, non foi lenta para ler as letras do cartel fóra da parcela.

Dentro da trama, Juliet ve a cabina dun vixiante cunha porta vella e ruinosa.

O condutor parou o coche e baixou.

Volveu e abriulle a porta a Xulieta.

Nada máis saír, pechou a porta, agarrouna do pescozo e levouna á cabina Vigilante derrubada.

Julieta aínda non escoitara a voz do condutor.

Aquela cabina de catro por catro tiña un mostrador na parte dianteira.

O mozo sentado no mostrador díxolle ao condutor:

"Grazas amigo, ata a próxima".

O condutor só sorriu e xirou rapidamente e marchou.

Agora Julieta estaba soa diante dese mozo descoñecido pero guapo.

Había algo de maxia no seu sorriso.

"Juliet, non te chamas? Sígueme", ordenou o mozo.

Julieta seguiuno con coidado.

Os dous entraron nunha habitación coma unha oficina na parte traseira do edificio medio arruinado.

No cuarto non había máis que unha mesa e cadeiras na esquina.

"¿Estás preparado para a aventura única de hoxe Julieta?" Preguntou poñéndose en serio.

"Uhm? Quizais ..." dixo Juliet poñéndose un pouco nerviosa.

"Ben", dixo, sorrindo misteriosamente, "a todos os que che dean instrucións esta noite seguiráselles atentamente. Sen dúbida ... e sen preguntar a ninguén. Algunhas das suxestións serán estrañas ou estrañas, pero créame, ti será máis feliz. se segues as instrucións. Entón fai o que che digan, sen vergoña, medo ou medo ".

"Está ben. Que teño que facer?" –Preguntou Julieta con firmeza.

Mirando o sexy corpo de Juliet, dixo:

"Escoita entón. Primeiro, quítate a roupa".

"Todo?" –Preguntou Julieta vacilante.

"Non", dixo cun sorriso travieso, "quítate todo menos as bragas, os pendentes, o cinto de prata e os tacóns".

Juliet non sabía se escoitara correctamente as instrucións.

Deulle instrucións con palabras moi claras e con voz alzada.

Non obstante, Juliet sentiu que non fora quen de dicir nada diso.

Mesmo despois de dixerir a súa suxestión con moito esforzo, ela seguía agardando a que saíse da habitación ...

Ela pensou que polo menos debería darlle as costas.

Por suposto, Juliet sabía que esperaba moito, pero aínda así ...

Nun ataque de rabia, baixou os pantalóns, deixando o cinto posto.

Desabotonou o primeiro botón da blusa e mirouno para amosarlle que non estás menos nesta situación.

Pero en canto notou que a súa mirada se deslizaba cara abaixo mentres sacaba outro botón, sen querer mirou cara a si mesma.

Estaba avergoñada de ver o suxeitador sujetador rosa moi axustado que era ben visible despois de que dous botóns saíran da parte superior.

Os seus peitos carnosos e suaves loitando por saír del.

Emocionada, comezou a respirar cada vez máis forte e os seus peitos xa gordiños parecían incharse.

Sen perder máis tempo, desabrochaba todos os botóns da blusa que lle faltaban.

En canto sacou os pantalóns dos pés, ela botoulle unha ollada e sacou a blusa axustada ao cinto coas dúas mans.

Despois, empurrándoos cara atrás e, por suposto, inflando aínda máis o fermoso e fermoso peito, tamén quitou os ganchos do sutiã.

Pero durante uns momentos permaneceu na mesma pose e mirouno.

Avanzou, mirándolle os seos inchados.

Ao darse conta de que non había escapatoria, Juliet pechou os ollos, respirou profundamente e retirouse lentamente o sutiã coas dúas mans.

Non tiña a coraxe de miralo aos ollos agora.

E entón deuse conta de que aínda estaba esperando a que saíse ou lle dera as costas.

Pero ela podería ter dado as costas ela mesma cando se estaba espindo diante deste estraño mozo.

Pero quitouse descaradamente a roupa unha a unha diante del ...

Estaba aínda máis avergoñada por este pensamento.

"Dobra a roupa e colócaa sobre a mesa", Julieta recuperou o coñecemento na súa próxima suxestión.

Abriu os ollos, pero, evitando a súa mirada, colleu os pantalóns, a blusa e o sutiã que rodaban polas pernas e achegouse á mesa.

Dobrándoos con coidado, púxoos sobre a mesa e púxose diante del, pero non moi atrás.

"Agora dé a volta e pé coas dúas mans cara atrás", instruíu de novo con voz seria.

Agora, volvendo as costas, preguntándose para que serviría, xirou e axitou as dúas mans cara atrás coma se quedara moi preguiceira.

Ela asentiu, sentíndoo chegar cara a ela.

As súas delicadas bonecas estaban tocadas polo frío metal mentres pensaba no que pasaría despois.

Que novidade é isto, preguntou ela, ata que algo fixo clic e as dúas mans quedaron atrapadas na mesma postura que el lle dixera.

Ai Señor. Estás aquí nun lugar descoñecido, cun home descoñecido, neste momento, en tal estado ... e agora tan indefenso !!

Pouca roupa no corpo, sen teléfono cerca, sen bolsa ...

Para que servirían?

As dúas mans quedaron atrapadas en grilletes por detrás.

Paul non está á vista.

E este estraño pero guapo mozo achégase tan a ti ... parvo!

Es parvo, Julieta.

Por que a xente cre tan cegamente?

E iso tamén nunha persoa como Paul ... que ben o coñeces?

Que che pasará agora.

Oh Deus, que fixen ...

"Veña", dixo, sen esperar a que camiñase, senón agarrándose aos grillóns e camiñando cara á porta.

Non tiña sentido protestar.

Nada máis saír da porta, unha explosión de aire frío arrasou sobre Juliet e as bágoas brotaron nos seus ollos.

Camiñaba con pesados pasos.

Case a arrastrou ao escuro aparcadoiro.

Nun estado semidesnudo, tamén sentiu o apoio desa escuridade, pero ...

Pero que é isto?

A vergoña do seu propio corpo semidesnudo, do seu propio desamparo, da compañía involuntaria desta nova descoñecida, mentres tiña medo, tamén a emocionaba impotente.

Estaba avergoñada de sentir as doces sensacións que se producían cubertas pola única prenda que lle quedaba no corpo.

Non sabía exactamente o que pensabas.

A pesar de que o seu corpo estaba frío, sentiu calor cando saía da habitación e entraba no aparcadoiro, co toque do seu corpo mentres camiñaba e o forte agarre da barra do grillete.

Os seus pezóns de chocolate escuro apertáronse e comezaron a doer polo aire frío.

Parecía que el suxeitaba a barra coas dúas mans moi ben ... pero ela tiña as dúas mans atrapadas ás costas.

E entón que lle pasaría se tivese as dúas mans libres.

Se lle pinchaba os pezóns ríxidos coa mesma forza que suxeitaba a súa barra ...

Juliet quedou terriblemente sorprendida polos seus propios pensamentos.

Que pensabas hai uns momentos?

Debido a este desamparo, a vergoña, as bágoas acababan de chegar aos seus ollos.

Agora o toque da man rochosa deste home descoñecido debería tocar a nosa parte máis íntima, o pensamento ... ou o desexo ...

Deus!

Que me pasou

Que pensamentos se me ocorren?

Paul, onde estás, malvado?

Ti ... fixérasme así!

¿Poderei mirar o espello mañá ou non?

Había unha pequena porta ao final do aparcadoiro.

O descoñecido abriu a porta e empuxou a Juliet dentro.

Era coma unha gran cámara baleira.

Julieta entrecerrou os ollos e intentou mirar arredor, pero estaba todo escuro agás a lámpada que penduraba no medio da habitación.

Tirouna de novo e colocouna baixo o farol.

O seu fermoso corpo, que estivera cuberto de escuridade durante tanto tempo, volveu quedar á vista.

Avergonzada e de súpeto a luz nos seus ollos, limpou os ollos con forza.

Pasaron uns momentos nun silencio extremo.

Non hai movemento, non hai movemento.

Pregúntome se me deixou aquí ...

Sentiu que o seu toque rozaba a cintura lineal.

Unha ou dúas veces o tacto moveuse lentamente desde os dous lados da cintura ata as axilas e logo deslizouse cara abaixo e deslizouse polos bordos das calcinhas.

Julieta limpou os ollos con forza coma se soubese o que pasaría despois.

Os dedos das dúas mans tiraron polos bordos das bragas rosas.

Atrapáronse as bragas cando lle chegaron ás coxas.

Coas mans atadas ás costas, non puido facer nada.

Os dedos da súa man esquerda avanzaron por detrás con autoridade e comezaron a baixar a parte dianteira das bragas, beliscándoas, tocándolle a vaxina mollada.

No momento seguinte, a última prenda do seu corpo, aínda que só nominalmente, caeu aos seus pés.

"Déixaos de lado", a súa poderosa voz fixo eco por ese baleiro.

Soltoulle as pernas das bragas sen pensalo.

Agora estaba completamente espida, espida, espida.

Sen esquecer, quedaban algunhas cousas no seu fermoso corpo: pendentes, un cinto de prata e tacóns altos.

Por suposto, nada disto serviu para evitar a vergoña, pero comezou a pensar en si mesma cando enfrontaba a situación na que se atopaba.

"Quédate alí", dixo, dando a seguinte orde.

Aínda que Julieta abriu os ollos agora, non quixo desobedecelo.

Mentres pensaba no que facía, escoitouno empuxar algo.

Mirou cara á dereita e viuno.

Empuxaba algo con rodas cara a ela.

Era unha mesa.

A mesa tiña aproximadamente a cintura alta.

As tiras de coiro estaban amarradas á mesa.

Trouxo a mesa xusto diante dela.

Entón, dándolle voltas de novo, empuxouna cara a adiante e inclinouna sobre a mesa.

"Abre os pés, Julieta", ordenou.

Movía obedientemente as dúas patas cada un cara ao lado.

"Máis aínda", berrou el, e ela quedou coas dúas pernas ben abertas.

Agora a vaxina mollada tocaba o coiro da mesa.

Tan pronto as súas pernas atopáronse coas pernas da mesa, el atou as dúas pernas firmemente coas correas de coiro.

Agora era imposible que se movese.

Rodeanda, liberoulle as mans dos grillóns.

Sorriu e púxose diante dela.

Cando miraba o seu corpo espido, os ollos de Julieta baixaron automaticamente de vergoña.

Seguiu dando ordes.

"Báixate e toca os dedos dos pés".

Cando ela se inclinou, el inclinouse cara adiante e atounas as mans ás pernas.

Por moi valente que fose, Juliet estaba aterrorizada por este estado de impotencia.

Nesta fase, non puido moverse por si mesma.

A súa vaxina mollada e as nádegas cheas estaban completamente expostas diante dese "descoñecido".

Non só iso, senón que a súa vaxina e ata o burato do cu debían serlle visibles agora.

Trataba de controlar a respiración, preguntándose que faría despois.

Durante un minuto non notou ningún movemento del, pero entón deuse conta de que estaba moi preto dela.

E ao mesmo tempo sentiu un toque moi familiar, pero nun lugar inesperado ...

Vaselina! Si, era vaselina.

Fregou vaselina no burato traseiro cun dedo recuberto.

Estendeuna ao redor dela durante un tempo e logo introduciu o dedo no ano.

Juliet retivo a respiración por un momento.

Antes de coñecer a Paul, non tiña coñecemento doutro uso para o seu burato anal que non fose habitual.

Adoitaba sentirse molesta cando vía o sexo anal nun vídeo porno con Paul.

Berraba a Paul e obrigábao a pasar a escena.

Pero unha vez que lle atou os brazos e as pernas á cama e lle ensinou o tipo de sexo dominante, introducira un tapón de goma no ano, a pesar da súa oposición.

Juliet, que inicialmente berraba, aceptou este tipo de diversión en pouco tempo.

Despois diso, cada vez que Paul baixaba a lamber a vaxina, comezaba a suplicarlle que introducise polo menos un dedo detrás dela.

De feito, a Paul gustáballe moito facelo así, pero só para molestar a Juliet, adoitaba recordarlle o seu rexeitamento e noxo ...

Pero hoxe, como o dedo deste home descoñecido circulaba libremente pola entreperna e o ano, tiña moitas emocións na mente.

Estaba enfadada polo seu propio desamparo.

O intruso molestábao polo descarado avance.

Odiaba a Paul por poñela nunha situación así.

Había bágoas nos seus ollos por dor cando o dedo penetrou dentro.

E ao mesmo tempo, espertou cando se decatou de que un dedo descoñecido se movía no ano nun lugar estraño.

Despois de empurrar o dedo dentro e fóra do burato durante un tempo, introduciu á forza un groso tapón de goma no burato.

Aínda que a vaselina reduciu algo o malestar, o tamaño do tapón era moito maior que o do burato.

Pero Julieta non podía facer máis que protestar.

Juliet intentaba deixar de chorar e respirar profundamente, nese momento ...

Cando o enchufe estivo completamente introducido dentro, golpeoulle con forza o cu e afastouse dela.

O berro literalmente apagado de Julieta seguiu o son do "crack" que repercutiu en toda a sala.

Neste momento, enfadouse moito con Paul.

Debeu contarlle ao estraño varias cousas que son moi privadas entre eles.

Por suposto!

Ademais, como podería saber este home que a Juliet, que sempre está ao mando no traballo, gústalle ser dominada no sexo?

Aínda que choraba cando o dedo se movía polo ano, debía saber que lle encanta que lle poñan os dedos.

E agora, sen preocuparse pola dor física que atravesaba e sen anticipar cal sería a súa reacción, estaba convencida de que Paul debeu contarllo todo pola forza coa que a golpeara.

Paul tamén lle ensinara o truco para aliviar a dor extrema.

No mundo exterior, Juliet non soportaba a forte voz do home que tiña diante.

Pero neste mundo privado, a súa maior fantasía era que alguén a podía torturar e forzar fisicamente.

Aproveitando esta información, enfadouse e ao mesmo tempo emocionouse ao decatarse de que este home xogaba co seu corpo.

Non obstante, con todos estes pensamentos continuou botándolle un látego.

As súas pálidas nádegas agora eran avermelladas coma as cereixas e quentes coma o inferno.

Despois de dez ou quince golpes, botou o látego a un lado e comezou a azoutar as nádegas avermelladas de Julieta.

Despois de moitas torturas, Julieta comezou a querer abrazalo.

Detívose e púxose diante dela xusto cando ela quería que as súas mans volvían alí un pouco máis.

Deitado e soltándolle as mans, enderezouna.

Colleulle a delicada man e ergueuna.

Julieta viu unha forte corda colgando desde arriba.

Atouno con coidado as dúas mans e envolveunas na corda.

Esvarou e caeu ao lado.

A corda estaba atada á ponte dende o tellado.

Desatou a corda do seu agarre, colleuna na man e comezou a tirala con forza.

O corpo de Julieta estaba sendo levado e izado coa corda tirando dos brazos.

Juliet deixáballe tirar do seu corpo sen ningunha resistencia.

Seguiu tirando da corda ata que a levantou polos dous tacóns.

Agora Julieta estaba de pé nos dedos dos zapatos de tacón, balance o corpo, pero non colgando.

Atou de novo o extremo da corda e púxose diante dela.

O peito enteiro de Julieta estaba erecto xa que tiña os dous brazos levantados.

Mirando cara abaixo desde arriba, os seus propios pezones tamén parecían un pouco angulosos.

E logo, xirando os dedos sobre as olheiras arredor dos pezóns, de súpeto agarrou os dous pezóns puntiagudos cunha pitada e tirou con forza.

Berrando de boa gana, Juliet tropezou onde estaba.

As súas coxas tamén estaban limitadas nos seus movementos xa que as pernas estaban atadas na parte inferior e as mans na parte superior.

El seguiu tirando e soltándolle os pezóns co belisco dos dedos.

Lentamente, Juliet comezou a emocionarse de novo.

Limpou os ollos, apartou o pescozo cara atrás e moveu o corpo cara a el.

Era coma se quixese esa dolorosa pitada unha e outra vez.

De alí colleu unha pequena cantidade de crema vermella nos dedos.

Con suavidade, fregoulle a bola ao redor dos pezóns.

Volveu meter os dedos no tubo e sacou un pouco máis de crema.

Agora baixou a man e comezou a tocarlle a vaxina.

Atopándolle a vaxina a través dos seus cabelos finos, untou a crema tamén alí.

Despois volveu e rozoulle o ano o tapón de goma de cor crema.

Julieta estaba moi emocionada polo toque desa crema fría nos seus tres órganos "privados".

Pero ao cabo duns segundos, a crema fría comezou a quentala.

E pouco a pouco comezou a picar no lugar onde aplicou a nata.

Estaba ansiosa por que alguén lle apretase os peitos.

Tratou de liberar as mans para presionar os seus seos, para estreitar os seus propios lazos ríxidos.

Agora mesmo necesitaba os dedos rochosos, os mamilos lamidos e a vaxina que picaba ...

E ao mesmo tempo sentiu o tacto dese obxecto vibrante.

Paul deulle un vibrador medio, pero ata a data nunca o usou só.

Paul adoitaba traballar o vibrador só con ela.

Pero agora o vibrador, que penetrara na súa vaxina coceira, parecía demasiado grande.

Ademais, as súas vibracións sentíronse moito máis fortes do que esperaba.

Aínda que ambas as pernas estaban atadas, estiraba as coxas para deixar o máximo espazo posible ao vibrador.

Arrastrouse un centímetro, anticipándose á súa delicada vaxina.

Non obstante, Juliet estaba tan activada pola crema e a situación en xeral que estaba empurrando todo o corpo cara adiante e intentando meter o vibrador dentro.

Cando tomou o groso vibrador na súa totalidade, quedou tremendo gozando da súa vibración.

As dúas pernas atadas.

Disparo coas mans atadas.

Nun lugar tan descoñecido, Julieta sentiu a alegría da vida colgando completamente indefensa, espida, emocionada diante dun descoñecido.

Un tapón axustado no ano e un vibrador enchéndolle a vaxina.

Mamilos acendidos por esa crema vermella na parte superior.

Quería sinceramente que o descoñecido a mordera, a mordera e lle esmagase as nádegas gordas e carnosas.

Sentiu como se os dous obxectos dos dous buracos penetraran profundamente no seu corpo.

Nunca deixara de empurrar o vibrador, pero a propia Juliet intentaba facelo.

Pechando os dous furados, tirando de bonecos e nocellos ata o punto de tensión, estirou todo o corpo e cun forte berro chegou ao clímax da felicidade.

Por primeira vez na súa vida, ese momento durou moito.

Os músculos do ano comezaron a apertarse mentres os músculos vaxinais comezaban a debilitarse.

E antes de que diminuíse a primeira onda de excitación, o corpo volveuse a endurecerse.

Experimentou un segundo orgasmo seguido debido ao tapón de goma inserido no ano.

Experimentaba ao mesmo tempo unha dor e un pracer extremos.

Lentamente, o seu corpo comezou a afundirse e pechou os ollos.

O seu rostro descansaba no peito en posición colgante.

Inclinouse cara adiante e sacoulle o vibrador da vaxina.

O corpo tardou en recuperarse.

Despois, collendo un pouco de forza, levantou o pescozo, abriu os ollos e ...

... todas as luces da habitación estaban acendidas.

Baixo a súa mirada, viu unhas quince cadeiras, a só dez metros dela.

Mirou as cadeiras incrédula e, por suposto, a xente sentada nelas.

Había homes de trinta e cincuenta anos ... e había mulleres.

Todos miraron a Julieta con alegría e admiración.

Paul estaba sentado na última cadeira, mirándoa con orgullo.

Estiven feliz de ver a Paul.

Pero entón recordou a súa propia condición e a recente "exposición".

A vergoña baixou o pescozo, pero non puido mover as mans para cubrir o corpo espido.

E de que ía agochar agora?

Despois de ver todo o "programa", eles ...

Con todos estes pensamentos percorrendo a súa cabeza, sentiu a xesta de auga fría detrás.

A descoñecida, que levaba tanto tempo xogando co seu corpo, estaba "arrefriándoa" cun tubo de auga na man.

Non tivo máis remedio que deixalo bañar cos brazos e as pernas atadas.

Xirándolle o corpo espido, bañouna completamente da cabeza aos pés.

Primeiro os restos das pestanas nas nádegas, despois o rozamento dos brazos e as pernas da venda, os peitos e os pezones que se incharon da crema e o seu manexo, nos dous delicados poros dos que sufriu un ataque inesperado de ambos. direccións, e por todo o seu corpo novo e tenro.

¡Necesitaba moita auga fría!

Cando estaba completamente empapada, pechou a billa e avanzou para soltar o agarre das pernas.

Julieta abriu as longas pernas e intentou erguerse.

Despois desfixo a corda que penduraba enriba e soltoulle as mans.

Deixándoa soa por un momento, volveuse achegar a ela.

Levantou a mesa traseira e fixo que Juliet sentase nela.

Non había forza no seu corpo, non tiña ganas na súa mente de opoñerse a ningunha das súas accións.

Deitouna sobre a mesa e atounas as mans.

Esta vez enroloulle as correas ás coxas sen atarlle as pernas aos nocellos.

A vaxina de Julieta estaba agora máis aberta que antes, coas tiras unidas aos ganchos a ambos os dous lados da mesa.

Agora a súa vaxina rosa era visible diante dela e o tapón de goma do furado traseiro tamén era visible.

Deixouna nese estado por un tempo.

Agora, o pensamento de xente sentada na habitación e mirándoa fixo que se sentise avergoñada e tamén espertada.

Lembrando que Paul tamén estaba ao seu redor, apoiouse sobre a mesa á espera do seguinte ataque ...

E entón sentiu o toque familiar do vibrador ... primeiro nas pernas, despois nas gordas coxas, despois no estómago plano, arredor dos pezóns ocos e logo movéndose lentamente cara arriba nos dous seos, nos pezóns axustados.

Non podía crer que podería emocionarse de novo en tan pouco tempo.

Sentiu a secreción da vaxina que escorría das coxas esgotadas ao seu propio ano.

E quedou abrumada pola visión de quince ou vinte descoñecidos, homes e mulleres que a fixaban.

Ansiosa, comezou a pronunciar:

"Ah, ah!"

De súpeto, o vibrador disparouse.

A excitación de Julieta xa non estaba no seu corpo.

Comezou a berrar forte, a berrar e a pedir que o estraño se achegase e seguise acariñándoa co vibrador.

Deberon pasar uns segundos e entón sentiu un toque moi descoñecido e inesperado entre as dúas coxas ...

Sorprendida, mirou alí e viu que o mozo descoñecido movía a longa lingua sobre a vaxina.

Ela sorrí e mirouno, despois apoiouse sobre a mesa e relaxou o corpo.

Xa non era un estraño para ela.

Os outros homes e mulleres da sala non existían para ela.

Nin sequera tiña pensamentos para Paul na cabeza.

Ao sentir o toque da longa e forte lingua do mozo, arroiou os ollos e deitouse.

Durante o seguinte orgasmo, mantivo un gran sorriso na cara.

Canto tempo estivo lambendo a vaxina, canto estivo deitada sobre a mesa, esperta ou durmida ... Non tiña xeito de sabelo.

O único que sabía era que os dous estaban de novo sós na habitación, as extremidades estaban libres, o tapón de goma fora retirado do ano e colocado xunto á mesa e o descoñecido que lle dera o maior orgasmo da súa vida , sen relacións sexuais, púxose educadamente diante dela.

Levantouse amodo e baixou da mesa.

Tiña a roupa nas mans.

Agora, mentres vestía, el apoiouse contra ela ... non para avergoñala, senón para abotoarlle o sutiã axustado.

Tamén a axudou amablemente a acabar de vestirse.

Despois de vestirse, levou a Juliet cara á cabana do Vixiante.

O mesmo Mercedes negro estaba parado diante.

O condutor de Mercedes abriulle a porta e detívose expectante.

Julieta sorriu ao lembrar a amabilidade do condutor.

Dándose a volta, preguntou por primeira vez desde que coñeceu ao "estraño",

"Como te chamas?"

Sorriu.

Colleuna da man, apretouna e dixo:

"O meu nome non é importante".

Entón só sorriu e dixo "Grazas" e comezou a camiñar cara ao coche.

Paul agardaba por ela no asento traseiro do coche.

Nada máis entrar, Julieta abrazou a Paul nos seus brazos.

Paul deulle unha palmada cariñosamente na cabeza e fixo un sinal ao condutor para que arrincase o coche.

O Mercedes negro comezou a correr de novo polas estreitas rúas da zona industrial cara á concorrida cidade.

Paul colleu unha cámara de vídeo que deixara de lado e mantivo a pantalla preto de Juliet e dixo:

"Todo o que fixeches dende que baixaches do coche ... ou todo o que che fixeron está neste vídeo. Que valente es".

Juliet relaxábase nos seus brazos.

O sorriso e a satisfacción faláronlle sen necesidade de dicir nada máis.

Deixándoa relaxarse no coche, Paul deulle de novo unha palmada e mirou a cinta da súa coraxe.

O plan de hoxe foi un éxito.

Estaba feliz e emocionado de que pronto estaría preparado para unha próxima aventura incrible ...

FIN

www.ingramcontent.com/pod-product-compliance
Lightning Source LLC
Chambersburg PA
CBHW021955170726
47994CB00021B/425